Sur l'auteur

Haruki Murakami, né à Kyoto en 1949 et élevé à Kōbe, a étudié le théâtre et le cinéma à l'université Waseda, avant d'ouvrir un club de jazz à Tokyo en 1974. Son premier roman, *Écoute le chant du vent* (1979), un titre emprunté à Truman Capote, lui a valu le prix Gunzo et un succès immédiat au Japon. Suivront : *La Course au mouton sauvage*, *La Fin des temps*, *La Ballade de l'impossible*, *Danse, danse, danse* et *L'éléphant s'évapore*. Exilé en Grèce en 1988, en Italie, puis aux États-Unis, où il écrit ses *Chroniques de l'oiseau à ressort* et *Au sud de la frontière, à l'ouest du soleil*, il rentre au Japon en 1995, écrit un recueil de nouvelles sur le séisme de Kōbe, *Après le tremblement de terre*, une enquête sur l'attentat de la secte Aum, *Underground*, puis suivent *Les Amants du Spoutnik*, le superbe *Kafka sur le rivage* et *1Q84* (livres 1, 2 et 3). Plusieurs fois favori pour le Nobel de littérature, Haruki Murakami a reçu le prestigieux Yomiuri Prize et le prix Kafka 2006. Après *L'Incolore Tsukuru Tazaki et ses années de pèlerinage*, il autorise la publication d'*Écoute le chant du vent* suivi de *Flipper, 1973*, ses deux premiers romans inédits. *Le Meurtre du Commandeur* (livres 1 et 2) est son dernier roman paru.

Du même auteur
aux Éditions 10/18

APRÈS LE TREMBLEMENT DE TERRE, n° 3379
AU SUD DE LA FRONTIÈRE, À L'OUEST DU SOLEIL, n° 3499
LES AMANTS DU SPOUTNIK, n° 3684
KAFKA SUR LE RIVAGE, n° 4048
LE PASSAGE DE LA NUIT, n° 4136
L'ÉLÉPHANT S'ÉVAPORE, n° 4213
LA BALLADE DE L'IMPOSSIBLE, n° 4214
SAULES AVEUGLES, FEMME ENDORMIE, n° 4318
AUTOPORTRAIT DE L'AUTEUR EN COUREUR DE FOND, n° 4420
SOMMEIL, n° 4493
1Q84, Livre 1, n° 4604
1Q84, Livre 2, n° 4605
1Q84, Livre 3, n° 4645
LES ATTAQUES DE LA BOULANGERIE, n° 4771
UNDERGROUND, n° 4693
CHRONIQUES DE L'OISEAU À RESSORT, n° 4819
L'INCOLORE TSUKURU TAZAKI ET SES ANNÉES
DE PÈLERINAGE, n° 4968
L'ÉTRANGE BIBLIOTHÈQUE, n° 5134
ÉCOUTE LE CHANT DU VENT *suivi de* FLIPPER, 1973, n° 5161
DES HOMMES SANS FEMMES, n° 5349
BIRTHDAY GIRL, n° 5394
LE MEURTRE DU COMMANDEUR, Livre 1, n° 5486
LE MEURTRE DU COMMANDEUR, Livre 2, n° 5487
DE LA MUSIQUE, n° 5488
PROFESSION ROMANCIER, n° 5587
DANSE, DANSE, DANSE, n° 5610
LA COURSE AU MOUTON SAUVAGE, n° 5611
LA FIN DES TEMPS, n° 5612

HARUKI MURAKAMI

PROFESSION ROMANCIER

Traduit du japonais
par Hélène Morita

10/18

BELFOND

Titre original :
Shokugyō toshite no shosetsuka
(Novelist as a vocation)
publié par Switch Publishing, Tokyo

ISBN 978-2-264-07650-2
Dépôt légal : novembre 2020

1

Les romanciers sont-ils une espèce tolérante ?

La question du roman serait, je crois, un sujet trop vaste pour commencer. Je préférerais parler des écrivains. Il serait plus concret et aussi plus simple d'envisager les choses de cette manière, me semble-t-il.

Si la plupart d'entre eux ont une personnalité équilibrée et une vision du monde juste, certains possèdent en revanche un caractère très singulier, parfois difficile à admirer. Leurs habitudes de vie et leurs comportements sont souvent étranges. La grande majorité des écrivains (disons 92 %, y compris moi-même) estime – plus ou moins explicitement – que ce qu'ils font ou écrivent est juste et vrai et, à quelques exceptions près, que tous les autres sont dans l'erreur. Ils vivent au quotidien avec ce genre de conviction. On comprend donc pourquoi rares sont ceux qui souhaitent compter de tels individus parmi leurs amis ou leurs voisins.

J'ai parfois entendu dire que certains de mes collègues écrivains étaient liés par une amitié chaleureuse ; pour ma part, j'aurais tendance à me montrer prudent à ce propos. De telles relations existent peut-être, mais il me paraît douteux que des liens étroits perdurent. Les écrivains sont fondamentalement une espèce égoïste. La plupart d'entre eux sont orgueilleux et animés d'un vif sentiment de rivalité. Une rencontre entre des écrivains se solde plus souvent par un échec que par une solide amitié. Je l'ai moi-même vécu bien des fois.

Celle de Marcel Proust et James Joyce est restée célèbre. L'anecdote se passe en 1922, à Paris. Invités à un dîner, et alors qu'ils sont assis côte à côte, les deux hommes, jusqu'au bout, n'ont échangé quasiment aucun mot. Retenant leur souffle, les autres convives ont attendu impatiemment d'entendre ce que ces deux grands écrivains du XXe siècle allaient se dire. Ils ont attendu en vain. Les deux romanciers étaient sans doute trop pleins d'orgueil pour s'adresser la parole. Les histoires de ce genre sont fréquentes.

Pourtant, concernant leur domaine propre – pour parler simplement, leur territoire –, il existe bien peu d'hommes prêts à se montrer aussi ouverts et aussi tolérants que les écrivains. Il s'agit là d'une des rares qualités qu'ils ont en partage.

Supposons, pour tenter d'éclaircir ce point particulier, qu'un romancier ait une belle voix et qu'il fasse ses débuts comme chanteur. Ou bien qu'il ait un talent pour la peinture et qu'il s'essaie à devenir peintre. Immanquablement, notre homme sera en butte à l'hostilité et la cible des moqueries. Il devra forcément essuyer des remarques du type : « Eh ! Tu vas te brûler les ailes ! » ou bien « Oui, disons que, pour un amateur, il a un petit talent ». Quant aux chanteurs et peintres professionnels, ils le traiteront avec le plus grand mépris. Peut-être même sera-t-il carrément persécuté. En tout état de cause, il aura peu de chances d'entendre des paroles d'encouragement et encore moins de bravos. Si la chose arrivait pourtant, ce serait alors en tout petit comité et avec la plus extrême retenue.

Moi-même, à côté de mon activité d'écrivain, j'ai traduit avec enthousiasme, depuis trente ans, des œuvres de littérature anglo-saxonne et, à mes débuts (et peut-être en va-t-il toujours ainsi aujourd'hui), j'ai dû affronter de violents vents contraires. Il m'a fallu entendre, de toutes parts, que la traduction n'était pas un travail d'amateur et encore moins un passe-temps. Je ne devais surtout pas oublier que j'étais un écrivain.

De même, lorsque j'ai écrit *Underground*, les auteurs de non-fiction m'ont accablé de critiques sévères : « Il ne connaît pas les règles de ce type d'ouvrage », ou bien « Il y va fort sur les glandes lacrymales », ou « C'est un pauvre dilettante » et je ne sais quoi encore. Mon intention n'avait pas été d'écrire un texte appartenant à la catégorie littéraire étiquetée « non-fiction », j'avais pour projet de produire un document qui, résolument, n'emprunterait pas les techniques de la fiction. Et pourtant, j'avais marché sur la queue des tigres qui gardent le « domaine sacré » de la « non-fiction ». À mon grand étonnement. Car j'ignorais que des « règles solides » régissaient ce genre d'ouvrage.

C'est que voilà, quand des non-spécialistes font irruption sur leur territoire, les experts ne les accueillent pas volontiers. De la même façon que les globules blancs cherchent à éliminer les éléments étrangers, les spécialistes veulent interdire l'accès à leur domaine. Pourtant, si l'on ne se décourage pas, si l'on insiste, ils finissent par fermer les yeux, ils vous laissent vous asseoir à leur table, en somme ; mais, au moins au début, les critiques sont virulentes. Et plus le domaine en question est limité, plus les fameux experts, pleins de morgue et d'autorité, se montrent fiers et excluants.

Pourtant, dans le cas contraire, quand un chanteur par exemple, un peintre, un traducteur ou un auteur d'ouvrages documentaires se lance dans l'écriture d'un roman, les romanciers s'en offusquent-ils ? Non, je ne crois pas. Et il est fréquent que les romans écrits par des chanteurs, peintres, traducteurs ou autres non-romanciers soient très bien reçus. On n'a jamais entendu d'écrivains se plaindre de l'« arrogance d'un amateur ». Du moins personnellement, je n'ai pas eu vent de médisances, de railleries, de crasses destinées à débiner ces non-spécialistes. J'ai plutôt l'impression qu'on leur témoigne de la sympathie, qu'à l'occasion on les rencontre pour discuter littérature, voire qu'on les encourage.

Il peut certes arriver que les œuvres en question soient dénigrées *sotto voce*, mais c'est ce qui se passe en général entre romanciers. Des comportements communément admis, en somme, et cela n'a rien à voir avec le fait que des étrangers se seraient aventurés sur un terrain interdit.

Les romanciers souffrent de nombreux défauts, mais si quelqu'un pénètre sur leur territoire, ils se montrent pour la plupart généreux et tolérants.

Pourquoi cela ?

À mon avis, c'est parce que quiconque a le désir d'écrire un roman – roman au sens le plus général du terme – peut le faire. Si je prends l'exemple d'un pianiste ou d'une danseuse : avant de faire leurs débuts, ils ont dû se soumettre, depuis l'enfance, à un entraînement long et difficile. De même que, pour devenir peintre, il faut avoir acquis certaines connaissances spécifiques et des techniques de base. Avoir acheté et réuni tout un ensemble de fournitures. Tout comme un alpiniste a besoin, outre d'une condition physique au-dessus de la moyenne, de courage et de techniques particulières.

Mais lorsqu'il s'agit d'un roman, du moment qu'on sait écrire (et l'immense majorité des Japonais sait écrire), que l'on dispose d'un stylo-bille et d'un cahier, que l'on possède aussi un certain talent pour la narration, des exercices spécifiques ne sont pas nécessaires. On peut produire quelque chose qui aura l'allure d'un roman. Il n'est pas indispensable d'aller à l'université et de suivre des cours de littérature. Parce qu'il n'existe pas de connaissances spéciales qui vous permettent d'écrire un roman.

Quand quelqu'un possède un brin de talent, rien ne s'oppose à ce qu'il écrive d'emblée un texte remarquable. Parlons de mon propre cas, même si le sujet est un peu gênant. Je ne m'étais en aucune façon soumis à un quelconque entraînement pour écrire un roman. J'avais fréquenté l'université, section études cinématographiques et théâtrales, mais – c'était l'époque – je n'avais pour ainsi dire pas travaillé. Je m'étais laissé pousser les cheveux, la barbe, et contenté de traînasser ici ou là dans des habits douteux. Sans avoir jamais imaginé devenir romancier, ni même avoir fait la moindre tentative d'écriture, voilà qu'un jour, brusquement, m'est venue l'idée d'écrire mon premier roman (ou ce qui y ressemble), *Écoute le chant du vent*, et que ce texte a reçu le prix des Nouveaux Auteurs. Avant même d'en avoir conscience, j'étais devenu un romancier, un vrai. J'étais stupéfait. Je m'interrogeais : « C'est donc si facile ? » Oui, trop, sans doute.

Alors que j'écris ces lignes, certains mécontents penseront peut-être : « De la littérature ? Vraiment ? » Mais je me borne à exposer les choses telles quelles.

Et à dire que ce que nous appelons *roman* dessine à n'en pas douter un large éventail de formes expressives. Et c'est justement ce spectre étendu, couplé à la simplicité inhérente au roman, qui lui fournit une part importante de sa gigantesque source d'énergie. D'ailleurs, quand je dis que n'importe qui peut écrire un roman, à mon sens, c'est un compliment plutôt qu'une critique.

Ainsi, le genre du roman est ouvert à tous les participants. Comme la lutte sur le ring. L'espace entre les cordes est suffisamment large, des marchepieds ont été commodément disposés. Le ring lui-même est vaste. Pas d'agent de sécurité pour vous interdire l'entrée, et l'arbitre ne sera pas là à intervenir constamment. Les lutteurs prêts au combat – dans notre cas, les autres romanciers – sont immédiatement plongés dans cette atmosphère qu'on pourra qualifier d'ouverte, de sans façons, de souple : « OK ! Tout le monde a le droit de participer ! C'est parti ! »

Pourtant, s'il est facile de monter sur le ring, y rester longtemps l'est un peu moins. Les romanciers, naturellement, le savent bien. Écrire un ou deux romans, ce n'est pas très difficile. En revanche, poursuivre cette activité durant une longue période, passer sa vie à écrire, survivre en écrivant, c'est une entreprise quasi impossible. Peut-être serait-il bon de préciser : *impossible pour un être humain normal*. Car… comment l'exprimer au mieux ? Le romancier a besoin de quelque chose de spécial. Bien entendu, si un certain talent est requis, de même qu'un esprit combatif, comme dans toutes les entreprises humaines, la chance et le hasard jouent aussi un rôle important. Mais, plus encore, il lui est demandé une « qualification » spéciale. Certains la possèdent, d'autres non. Certains en sont pourvus de nature, d'autres doivent l'acquérir, péniblement.

On est encore très ignorant sur cette « qualification » que l'on a, semble-t-il, du mal à expliciter. Il est difficile de la visualiser, de la mettre en mots. Mais tous les écrivains savent intimement combien il est ardu de poursuivre sur la durée leur entreprise d'écriture.

C'est peut-être la raison pour laquelle les écrivains laissent si volontiers monter sur le ring les arrivants de territoires étrangers et se montrent en général généreux et tolérants à leur égard. Beaucoup saluent simplement leur arrivée. Ou ne s'en préoccupent pas spécialement. Si les nouveaux finissent par être sortis du ring ou s'ils le quittent volontairement (ce qui est le cas de la plupart), ils leur témoignent de la compassion et leur souhaitent bonne chance. Mais si les nouveaux, ou les nouvelles, parviennent à rester sur le ring, bien entendu, on leur témoigne du respect.

La tolérance des écrivains est peut-être à mettre en rapport avec le fait que le monde de la littérature n'est pas une « société à somme nulle ». Quand un nouvel auteur apparaît, cela ne signifie pas pour autant que celui qui était là avant lui doit (d'emblée) perdre sa place. Du moins ce genre d'événement ne se produit-il pas ouvertement. Une différence de taille avec le monde du sport professionnel. Là, quand un jeune champion intègre une équipe, un vétéran est déplacé ou mis à l'écart. Mais je n'ai encore jamais observé ce type de phénomène dans le monde littéraire. Et si un romancier vend cent mille exemplaires, on n'a jamais vu non plus que les ventes d'un de ses collègues devaient alors baisser d'autant. Au contraire, parfois le succès commercial d'un nouvel auteur anime tout le secteur, et l'ensemble du monde littéraire en profite.

Cependant, sur le long terme, se met en œuvre une espèce de sélection naturelle. Et même si le ring est vaste, il ne peut contenir qu'un nombre limité de lutteurs. Un coup d'œil à la ronde suffit à confirmer cette impression.

Depuis plus de trente ans, j'écris des romans et je gagne ma vie en tant que romancier. Ce qui signifie que je me suis maintenu debout sur le ring du monde littéraire depuis trente ans, ou bien, pour le dire à la façon ancienne, que je « vis de ma plume » depuis trente ans. Dans le sens le plus strict du terme, on parlera peut-être d'un « accomplissement ».

Durant ces trois décennies, j'ai vu débuter de nombreux écrivains. Pas mal d'entre eux ont été temporairement couverts d'éloges. Ils ont été couronnés de récompenses décernées par des critiques, ils ont reçu toutes sortes de prix littéraires, leurs noms ont été sur toutes les lèvres et leurs livres se sont très bien vendus. Ils étaient tout à fait en droit d'espérer un avenir prometteur. Aux accents d'une musique grandiose, ils s'étaient hissés sur le ring comme des vedettes sous les feux de la rampe.

Pourtant, parmi ceux qui ont débuté il y a vingt ou trente ans, si l'on regarde combien sont encore en activité aujourd'hui, on s'aperçoit que leur nombre n'est guère élevé. En fait, il est même très faible.

Beaucoup de ces étoiles montantes de la littérature ont disparu sans tambour ni trompette. Certains d'entre eux – la plupart, sans doute – en ont eu assez d'écrire des romans ou bien se sont lassés de cette activité dans la durée et ont changé de voie. Et beaucoup de leurs livres, dont on ne cessait de parler au moment de leur gloire, sont à présent très difficiles à dénicher dans les librairies ordinaires. Car, si le nombre des écrivains est presque illimité, l'espace des librairies ne l'est pas.

À mon avis, écrire des romans n'est pas une entreprise vers laquelle se tournent les gens intelligents. Certes, l'écriture exige un certain niveau d'intelligence, d'éducation et de compétence. Et je suppose que moi aussi je dispose d'un minimum de ces attributs. Sans doute. Mais si quelqu'un me demande directement, en face, si je suis *vraiment sûr* de posséder ces qualités, je lui répondrai que non, pas tout à fait.

Je considère que les individus à l'esprit vif ou dotés d'une intelligence supérieure sont peu enclins à se tourner vers la littérature. Parce que, pour écrire des romans – ou des récits –, il faut adopter un rythme tranquille, rouler à vitesse réduite en quelque sorte. Pour le dire sous forme d'image : c'est un tempo qui se situerait quelque part entre la marche rapide et le vélo lent. Pour certains la conscience fonctionne à ce rythme-là, alors que d'autres ne s'y retrouvent pas.

Les romanciers ont l'habitude de transposer ce qui se passe dans leur conscience en « histoires ». C'est ainsi qu'ils trouvent leur expression. Ils partent du décalage entre la forme originelle et la nouvelle, s'en servent de manière dynamique comme on le ferait d'un levier et parviennent ainsi à un récit. C'est une méthode très compliquée et fastidieuse.

Pour peu qu'on ait en tête des représentations aux contours assez nets, il n'est pas besoin de passer son temps à les transformer pour en faire des histoires. Traduit directement en un discours clair, le message sera facilement et rapidement compris par le grand public. Trois jours suffisent à assurer la formulation d'un message ou d'un concept, à condition qu'ils soient transmis directement et dans leur forme originelle, alors qu'il faudrait bien six mois pour les transformer en roman. Et peut-être qu'en parlant dans un micro on arriverait à transmettre sa pensée en, disons, dix minutes. Les gens sensés et à l'intelligence véloce y parviennent sans peine, évidemment. Et leurs auditeurs se tapent sur les genoux en s'écriant : « Mais bien sûr ! » Parce que ces gens sont intelligents.

En outre, ceux qui sont pourvus de connaissances en abondance n'ont aucun besoin spécifique de les faire entrer dans un « réceptacle » aussi incertain et mystérieux. Ni de créer à partir de rien des agencements imaginaires. Il leur faut simplement rassembler avec un peu de logique leurs connaissances et les mettre en mots : le public les comprendra sans effort, il sera impressionné.

La plupart des critiques littéraires sont incapables de comprendre *certains types* de roman ou de récit. Ou bien, s'ils en sont capables, ils ne peuvent cependant faire partager ce qu'ils en ont saisi avec efficacité et logique, pour les raisons énoncées plus tôt. Par rapport aux écrivains en question, ils sont trop intelligents et leur esprit est plus vif. Bien souvent, ils peinent à ajuster leur tempo au rythme d'un véhicule très lent – celui, justement, d'une « histoire ». Par conséquent, ils plaquent leur propre allure sur ce que raconte le texte et développent leur raisonnement à partir de la version « traduite » par leurs soins. Ces ajustements sont parfois possibles, mais cela ne fonctionne pas toujours. En particulier quand le texte n'est pas seulement lent, mais aussi complexe et touffu, cette tentative d'interprétation devient difficile et aboutit à une distorsion de l'original.

J'en ai moi-même été le témoin à plusieurs reprises :

des hommes à l'intelligence aiguisée, des individus brillants – la plupart venant d'autres domaines d'activité – qui, après avoir publié un ou deux romans, s'en sont allés ailleurs ensuite. Leurs livres étaient en général « très bien écrits » et pleins d'esprit. Dans certains d'entre eux, il y avait une originalité surprenante. Pourtant, leurs auteurs ne sont pas restés longtemps sur le ring. À quelques exceptions près, ils ont disparu. Donnant l'impression d'avoir tout juste effectué une petite visite avant de quitter les lieux.

Il est possible qu'un homme – ou une femme – plus ou moins doué littérairement parlant ne soit capable d'écrire dans sa vie qu'un seul roman. Ou qu'un individu très brillant ne trouve pas les avantages auxquels il s'attendait tandis qu'il se lançait dans l'écriture. Il produit un ou deux romans, se justifie en se disant « Ah, c'était donc ça ! » et bifurque vers une activité plus efficace à ses yeux.

Je peux parfaitement le comprendre. Écrire des romans, en effet, n'a rien d'une entreprise efficace. C'est un travail qui consiste à répéter inlassablement certains thèmes, propres à un individu en particulier, et qui utilise pour ce faire différentes figures de style et métaphores. Chaque romancier a ses sujets de prédilection, à partir desquels il brode de multiples variations. Pour tenter de dissiper le flou et les ambiguïtés de certains passages, il recourt à de nouvelles métaphores et à toutes sortes d'exemples. Un exemple et puis un autre encore. Dans un enchaînement sans fin. Comme ces poupées russes, les matriochkas, qui chacune en renferme une autre, plus petite. Existe-t-il une activité aussi peu efficace et aussi fastidieuse ? Et formuler dès le début un thème clair, précis, intelligible serait complètement inutile, puisque tout le travail consiste à changer constamment de métaphore et d'exemple. On pourrait presque aboutir à la conclusion extrême que les romanciers sont une espèce inutile, superflue, qui s'adonne à une activité inutile, superflue.

Selon eux, c'est justement dans cette manière de faire superflue et contournée que se niche le vrai. Ils s'accrochent fermement à cette conviction. Qu'ils jugent le roman nécessaire au monde ou au contraire totalement inutile, cela revient au même. Tout dépend du temps qu'ils veulent bien consacrer à cette question, et aussi de leur propre conception du monde. Le fait est que l'inefficacité et les détours sans fin d'une part, et l'efficacité et la rapidité d'autre part coexistent tout autant dans le monde que nous habitons, qui est complexe, touffu, multicouche. Que l'une de ces composantes vienne à manquer (ou se retrouve dans un état d'infériorité notable), et le monde, à coup sûr, en serait complètement dénaturé.

Je persiste à croire qu'écrire des romans est fondamentalement une activité de « pataud ». Impossible de découvrir là la moindre élégance. Vous êtes enfermé seul dans une pièce et vous trifouillez avec ardeur dans un texte. Assis à une table, vous vous creusez la tête fiévreusement et, quand vous avez passé toute la journée à fignoler une ligne, il n'y a personne pour vous applaudir. Personne pour vous dire « Bravo, c'est réussi » en vous tapant sur l'épaule. Alors vous hochez la tête en silence en cherchant à vous convaincre vous-même. Quand votre livre sera publié, il n'y aura vraisemblablement pas un seul lecteur au monde qui aura remarqué cette ligne. Oui, c'est exactement ça, écrire un roman. C'est un travail extrêmement coûteux en temps, ennuyeux au possible.

Écrire un roman, c'est comme passer une année entière à fabriquer, à l'aide d'une longue pince, un modèle minuscule de bateau inséré dans une bouteille. Moi qui suis particulièrement maladroit, je serais incapable de mener à bien ce genre de bricolage compliqué, mais je pense qu'il y a une grande similitude entre la construction d'un bateau dans une bouteille et l'écriture d'un roman. Pour un roman-fleuve en particulier, on passe des jours et des jours à travailler dans le silence et l'isolement, concentré sur une tâche très délicate à accomplir. Presque sans fin. Si l'on n'est pas, de nature, fait pour ce genre d'activité, ou si l'on en souffre trop, on ne pourra pas supporter longtemps ce type de travail.

Quand j'étais enfant, j'ai lu l'histoire de deux hommes qui avaient décidé d'aller voir le mont Fuji. Ni l'un ni l'autre ne l'avaient encore jamais admiré. Le plus intelligent des deux se rendit au pied du Fuji et examina la montagne de différents points de vue. « Ah, magnifique ! » pensa-t-il, tout content, et il rentra chez lui. Voilà qui était très efficace. Affaire rondement menée. L'homme un peu moins intelligent, lui, ne se contenta pas de si peu. Resté seul, il grimpa jusqu'au sommet. Cela lui prit beaucoup de temps, lui demanda beaucoup d'efforts. Il se sentait épuisé, à bout de forces. Mais, à la fin, il put se dire qu'il avait réussi à comprendre par lui-même ce qu'était vraiment le mont Fuji.

La tribu des écrivains (ou du moins la plus grande partie d'entre eux) appartient sans aucun doute à l'espèce représentée par le moins intelligent des deux héros. À moins d'avoir gravi les pentes de la montagne sur leurs deux jambes, ils s'estiment dans l'incapacité de comprendre ce qu'est réellement le mont Fuji. Et, même après de multiples ascensions, il se peut qu'ils ne le comprennent toujours pas. Ou encore, il n'est pas impossible que plus ils l'escaladent et moins ils le comprennent. C'est peut-être dans la nature des écrivains... Voilà bien un exemple de « sous-efficacité ». Et qui ne conviendrait en aucun cas à un homme intelligent.

Pour un écrivain, il n'est donc pas tellement surprenant qu'un quidam très talentueux, surgi d'un tout autre domaine d'activité, écrive un jour un roman, que l'ouvrage soit encensé par les critiques, adoré du public et qu'il devienne un best-seller. Il ne le ressentira pas comme une menace. Pas plus qu'il n'en éprouvera de colère – je pense. L'écrivain chevronné est persuadé, en effet, qu'il est extrêmement improbable que le nouveau venu continue à écrire des romans. À chacun son rythme, différent selon qu'on est un homme de talent, un intellectuel ou un savant. Et le rythme de tous ces gens-là, dans la plupart des cas, n'est pas compatible avec celui du romancier au long cours.

Bien entendu, il y a aussi chez les écrivains de métier ce qu'on peut appeler les « hommes de talent ». Des hommes intelligents. Il ne s'agit cependant pas chez eux d'une intelligence au sens habituel du terme, mais plutôt d'une intelligence *romanesque*. Et à ce que j'ai pu constater, c'est une intelligence qui ne s'exercera pas dans la durée. On pourrait nommer ces auteurs des « romanciers à durée limitée ». Tout au plus dix années. Pour se maintenir au-delà, il leur faudrait, plutôt qu'une brillante intelligence, un tempérament disposé à la permanence. En d'autres termes : après un certain temps, un écrivain doit être en mesure de transformer le « tranchant du rasoir » en « tranchant d'une serpe ».

Et, plus tard, changer le « tranchant d'une serpe » pour le « tranchant d'une hache ». Ceux qui réussissent cette série de transformations accèdent comme écrivains à un plus haut niveau. Il est probable qu'ils survivront à leur époque. Ceux qui n'y parviennent pas disparaîtront d'une façon ou d'une autre en cours de route, ou bien verront leur éclat s'atténuer. Ou encore ils se seront tranquillement rangés là où doivent se retrouver les individus intelligents et brillants.

Sauf que, pour un écrivain, « se ranger tranquillement », si je parle franchement, cela signifie à peu près perdre sa créativité. Les écrivains sont comme certaines espèces de poissons. S'ils ne nagent pas en permanence à contre-courant, ils meurent.

Voilà pourquoi j'éprouve un grand respect envers les écrivains – mes collègues, en somme – qui, sans relâche, durant des années, s'obstinent à écrire des romans. Il va de soi que, vis-à-vis de chacune de leurs œuvres, j'ai de la sympathie, ou de l'aversion. Cependant, je suis convaincu que les auteurs qui écrivent depuis plus de vingt ou trente ans, qui se sont gagné un lectorat fidèle, ont en eux quelque chose comme un noyau solide, exceptionnel. Ils disposent d'un pilote interne, sans lequel ils ne pourraient écrire de romans. Et ils sont dotés aussi de persévérance et même d'opiniâtreté pour s'adonner si longtemps à un travail solitaire. Telle est à mon sens la qualité spécifique de l'écrivain de métier.

Écrire un roman n'est pas très difficile. Écrire un roman magnifique n'est pas non plus si difficile. Je ne prétends pas que c'est simple, mais ce n'est pas non plus impossible. Ce qui est particulièrement ardu, en revanche, c'est d'écrire des romans encore et encore.

Tout le monde n'en est pas capable. Comme je l'ai déjà dit, il faut disposer d'une capacité particulière, qui est certainement un peu différente du simple « talent ».

Bon, mais comment savoir si l'on possède cette aptitude ? Voici la réponse : plongez dans l'eau et voyez si vous nagez ou si vous coulez. Une façon de parler rude, certes, mais au fond, c'est la vie. Par ailleurs, rien n'empêche ceux qui n'ont pas besoin d'écrire de romans (ou qui préfèrent ne pas en écrire) de mener une existence sage et parfaitement valable. Et ceux qui veulent écrire, qui ne peuvent supporter de ne pas écrire, ceux-là écriront des romans. Et continueront à écrire. En tant que romancier, je les accueille bien volontiers.

Bienvenue sur le ring !

2

Comment je suis devenu romancier

Quand j'ai écrit mon premier roman, qui a reçu le prix des Nouveaux Auteurs de la revue *Gunzo,* j'avais trente ans et j'avais déjà acquis une certaine expérience de la vie, même si, naturellement, je n'irais pas prétendre qu'elle était suffisante. La manière dont j'avais appréhendé ces connaissances sortait un peu de l'ordinaire. Habituellement, on suit un enseignement scolaire, on est diplômé, on trouve un emploi, puis, un peu plus tard, une fois cette étape bien dépassée, on se marie. Moi aussi, j'avais bien l'intention de suivre ce parcours. À vue de nez, c'est ce que je ferai, avais-je pensé. Après tout, c'est le schéma généralement admis. Et je n'avais jamais eu en tête le projet téméraire (que ce soit un bien ou un mal) d'aller à contre-courant du sens commun. Pourtant, dans les faits, j'ai commencé par me marier, puis je me suis mis à travailler par nécessité, et enfin, plus tard seulement, j'ai terminé mes études. L'ordre habituel était donc complètement bouleversé. C'est ainsi que les choses ont tourné. Dans la vie, tout ne se déroule pas selon un plan établi.

En premier lieu, je me suis marié (je vous épargne cette séquence trop longue à raconter), mais, comme je détestais l'idée de me retrouver salarié dans une société (pour quelle raison éprouvais-je tant d'aversion à cette idée ? Il serait également trop long de l'expliquer), j'ai décidé de créer ma propre entreprise. Ce serait un petit bar, où l'on passerait des disques de jazz, où l'on servirait du café, divers alcools et de la cuisine simple. J'étais fou de jazz à l'époque (encore aujourd'hui, j'en écoute souvent), et je me figurais que je pourrais ainsi me régaler de la musique que j'aimais du matin au soir. J'étais sans doute un peu naïf. Ma femme et moi étions deux jeunes mariés étudiants, et, bien entendu, nous n'avions pas d'argent. Nous avons mené de front divers petits jobs pendant environ trois ans pour économiser le plus possible. Et puis, nous avons emprunté à droite, à gauche, partout où nous le pouvions. Quand enfin nous avons réuni une somme suffisante, nous avons ouvert notre bar à Kokubunji, dans la banlieue ouest de Tokyo. Nous étions alors en 1974.

À cette époque, heureusement, les prix n'étaient pas aussi exorbitants qu'aujourd'hui, et beaucoup de jeunes gens qui, comme moi, ne voulaient absolument pas se retrouver salariés ou flatter servilement le système parvenaient à ouvrir ici ou là leur petite entreprise : café, restaurant, supérette, librairie. Non loin de notre bar, il y avait ainsi plusieurs commerces tenus par des jeunes gens de notre âge. La plupart étaient issus des mouvements étudiants en déliquescence. En ce temps-là subsistaient des « interstices » ou des « niches » dans le corps du monde. Et, pour peu que l'on découvre un espace de ce genre, on pouvait alors survivre en s'y glissant. C'était une époque violente mais exaltante aussi.

J'ai récupéré le piano droit que j'utilisais autrefois chez mes parents et, le week-end, nous organisions des concerts. À Musashino et aux alentours vivaient de nombreux jeunes musiciens de jazz qui accepteraient (sans doute) de jouer pour un cachet modeste. Si aujourd'hui beaucoup d'entre eux sont devenus des musiciens renommés, à l'époque nous étions simplement jeunes, et passionnés. Malheureusement, notre collaboration ne nous aura guère enrichis.

Nous faisions des choses qui nous plaisaient, certes, mais nos dettes – auprès de la banque, auprès de nos amis – étaient importantes et nous avions bien du mal à les rembourser. Les amis, nous sommes arrivés à les rembourser avec intérêts au bout de quelques années. Il faut dire que nous trimions du matin au soir et que nous nous nourrissions à peine. Mais cela n'avait rien d'extraordinaire. À l'époque, nous (c'est-à-dire ma femme et moi) menions une vie austère, des plus spartiates. À la maison, nous n'avions ni télévision, ni radio, ni même réveille-matin. Presque pas de chauffage et, durant les nuits glacées, tout ce que nous trouvions pour nous réchauffer, c'était dormir avec nos quatre chats blottis contre nous. (Eux aussi, d'ailleurs, s'agrippaient désespérément à nous.)

Un jour que ma femme et moi n'avions pas réussi à nous procurer la somme due à la banque ce mois-là, nous sommes partis nous promener, tête basse, tard dans la nuit. Quand soudain… l'argent était là, par terre dans la rue, juste sous nos yeux. Il ne nous restait qu'à le ramasser. Était-ce un phénomène de « synchronicité » ? Un hasard heureux ? C'était en tout cas le montant exact qui nous faisait défaut et que nous devions remettre le lendemain. Nous étions sauvés, miraculeusement. (D'ailleurs, ce genre d'événements miraculeux s'est produit à plusieurs reprises dans ma vie.) Nous aurions sans doute dû signaler notre trouvaille à la police, mais nous n'étions absolument pas en mesure de faire montre d'une telle grandeur d'âme. Je suis désolé… mais, aujourd'hui, il me paraît inutile de présenter des excuses. À la place, j'ai essayé de rembourser la société sous une autre forme.

Je ne voudrais pas avoir l'air de me plaindre mais c'est un fait : la vie que j'ai menée, entre vingt et trente ans à peu près, a été franchement rude. Bien entendu, il existe de par le monde d'innombrables êtres humains dont l'existence est et a été beaucoup plus dure que celle que j'ai vécue alors. « Je ne vois pas ce qu'il y a de difficile dans votre situation ! » diraient-ils sans doute. Et ils auraient raison, évidemment. Seulement, moi, c'était ainsi que je le vivais.

Une chose est sûre toutefois, c'était un temps heureux. Nous étions jeunes, en bonne santé, nous passions nos journées à écouter la musique que nous aimions. En somme, nous étions maîtres chez nous, même si notre royaume était minuscule. Je n'étais pas obligé de prendre tous les jours un train bondé, ni d'assister à des réunions assommantes, ni de baisser la tête devant un chef détesté. Et puis, j'avais l'occasion de rencontrer toutes sortes de gens intéressants.

Il y avait aussi une autre chose très importante : durant tout ce temps, j'ai étudié ce qu'était la société. « Étudier la société », cette expression peut paraître un peu trop simple et directe, voire stupide, mais, pour le dire vite, cela m'a fait grandir. Je me suis tapé la tête contre les murs bien des fois, pourtant j'ai finalement réussi à échapper aux dangers. On m'a dit des choses désagréables, on m'a traité durement et il m'est arrivé parfois de regretter ma décision. Autrefois existait ce qu'on appelait littéralement le « commerce de l'eau », qui désignait le monde du divertissement et qui était socialement fortement discriminé. J'ai dû supporter cette discrimination en silence, en étant contraint de me surmener. J'ai parfois été obligé d'expulser du bar des ivrognes agressifs. Mais en cas de vents violents, on n'a d'autre choix que de faire le gros dos. De toute manière, je n'étais guère en mesure de penser à grand-chose d'autre qu'à garder notre bar et à rembourser nos dettes.

Pourtant, nous avons traversé ces années difficiles comme dans un rêve, nous avons survécu sans blessures graves, et quelque temps plus tard nous avons déménagé dans un espace mieux aménagé. Et quand je me retourne sur ce passé, en soupirant, j'y découvre un paysage que je n'avais jamais vu auparavant, et au milieu un « moi » nouveau – pour parler très simplement. Avant même de m'en être aperçu, j'étais devenu un peu plus résistant et aussi un peu plus sage (enfin, juste un tout petit peu).

Il n'est pas dans mes intentions de conseiller à qui que ce soit de « mener la vie la plus rude possible ». À vrai dire, j'aurais de très loin préféré ne pas endurer toutes ces difficultés. C'est là quelque chose d'évident. Les obstacles de la vie n'ont rien de réjouissant et peuvent conduire au découragement. Parfois même, on est incapable de s'en remettre. Pourtant, si vous vous sentez accablé par une situation difficile, j'aimerais vous dire que, si les choses vous paraissent insupportables sur le moment, il n'est pas impossible que plus tard vous en retiriez quelque avantage. Je ne sais pas si cela pourra vous consoler mais pensez-y et continuez à aller de l'avant.

De mon point de vue actuel, jusqu'à ce que je commence à travailler, j'étais simplement un « jeune homme ordinaire ». J'avais grandi dans une banlieue résidentielle tranquille de la région d'Ōsaka-Kōbe, j'avais eu des résultats scolaires corrects, sans pour autant avoir beaucoup étudié, je n'avais pas connu de problèmes et n'en avais pas non plus causé. Depuis tout jeune, j'aimais énormément lire et m'emparais avec passion de tous les livres possibles. Au collège et au lycée, aucun de mes camarades ne lisait autant que moi. J'aimais aussi beaucoup la musique et j'en écoutais continuellement, de toutes les sortes. En conséquence, il me restait peu de temps pour étudier. J'étais fils unique, j'avais été choyé (ou même gâté) et n'avais pour ainsi dire connu aucune expérience douloureuse. Bref, j'étais un indécrottable candide.

Quand, à la fin des années 1960, je suis parti pour Tokyo afin de suivre des études à l'université Waseda, c'était justement le moment où les mouvements de contestation étudiante atteignaient leur apogée et où l'université connaissait un long blocage. Au début en raison des grèves étudiantes, plus tard parce que les autorités avaient ordonné le lock-out. Pendant toute cette période, les cours n'étaient quasiment pas assurés. Grâce à quoi j'ai mené une vie d'étudiant plutôt fantaisiste.

Par nature, je n'ai jamais été très bon pour la vie de groupe et pour agir comme tout le monde – ce qui explique pourquoi je n'ai jamais adhéré à aucune faction –, mais sur le fond j'ai soutenu le mouvement étudiant et pris part à des actions, dans la mesure où ma personnalité me le permettait. Mais les conflits entre les différents groupes se sont intensifiés, un homme a été tué dans de prétendues « luttes intestines » (dans la classe du département de littérature, que nous utilisions toujours, un étudiant apolitique avait été assassiné).

Comme beaucoup de mes camarades, j'ai perdu mes illusions sur le mouvement : il charriait trop de fautes et de mensonges. J'avais le sentiment que la saine puissance imaginative avait été abandonnée. Et finalement, après la tempête, il ne subsistait en nous que le goût amer de la déception. Si justes qu'aient été certains slogans, aussi belle qu'ait été la résonance de certains messages, ils n'étaient rien d'autre qu'un chapelet de mots vides puisque leur justesse et leur beauté n'étaient pas étayées par une force spirituelle ou morale. Je l'ai moi-même expérimenté alors, et c'est ce dont je suis convaincu encore aujourd'hui. Il y a de la force dans les mots, à condition qu'ils soient justes. Ou, du moins, honnêtes. Ils ne doivent pas s'en aller vagabonder à leur guise, sans attache avec la réalité.

C'est pourquoi je me suis retiré dans mon royaume personnel. Fait de livres, de musique, de films. À cette époque, j'ai longtemps eu un petit job dans un night-club de Kabukichō, à Shinjuku, où j'ai pu frayer avec toutes sortes de personnages singuliers. Je ne sais pas ce qu'il en est aujourd'hui, mais la nuit il y avait alors dans ce quartier de nombreux individus qui traînaient là, d'autant plus intéressants qu'on ignorait leur véritable identité. Il se passait beaucoup de choses curieuses, agréables, plutôt dangereuses et également pénibles. En tout cas, dans ces lieux vivants, hétéroclites, parfois louches et violents, j'en ai plus appris sur les différentes facettes des humains qu'à l'université ou parmi mes semblables. Je peux dire que j'y ai développé une certaine connaissance de la vie. L'expression anglaise *streetwise*, qui désigne une expérience pratique acquise en se débrouillant pour survivre dans la jungle urbaine, résume bien mon état d'esprit. Et en fin de compte, ces quartiers interlopes m'ont sans doute mieux convenu que l'environnement universitaire. À vrai dire, mes études n'ont suscité chez moi presque aucun intérêt.

J'étais marié, j'avais un travail et, à ce moment-là, un diplôme universitaire ne représentait rien de particulier pour moi. Mais, selon le système en vigueur à Waseda, comme on ne payait de frais de scolarité que pour les unités de valeur que l'on avait obtenues et qu'il ne m'en manquait pas beaucoup, j'ai assisté à quelques cours durant mon temps libre. Au bout de sept ans, j'ai fini par être diplômé. En dernière année, j'ai suivi l'enseignement que le professeur Shinya Ando dispensait sur Racine, mais, en raison de mes absences répétées, je n'avais pas obtenu cette unité de valeur. Je suis donc allé le trouver dans son bureau. Je lui ai expliqué que j'étais déjà marié, que je travaillais tous les jours et que je n'avais pour cette raison pas pu suivre ses cours avec assiduité. Il a eu l'amabilité de venir en personne dans notre bar près de Kokubunji. « Vous n'avez pas une vie facile, jeune homme », m'a-t-il dit en partant. Et finalement, il m'a accordé cette unité de valeur. C'était un homme gentil. Il y avait alors à l'université (aujourd'hui, je ne sais pas) des professeurs au grand cœur. Je suis désolé de n'avoir rien retenu du contenu de son cours.

Durant trois années environ, j'ai tenu ce bar dans le sous-sol d'un immeuble situé non loin de la sortie sud de la gare de Kokubunji. Les clients étaient de plus en plus nombreux, ce qui nous a permis de rembourser nos dettes peu à peu. Et soudain le propriétaire du bâtiment nous a demandé de partir, car il voulait agrandir l'immeuble. Nous n'avions d'autre choix que de quitter Kokubunji. (En fait, les choses n'ont pas été aussi simples et nous avons connu alors bien des difficultés, mais si je commence à tout raconter nous n'en finirons jamais.) Nous avons donc dû déménager dans un quartier plus central, du côté de Sendagaya. Le local était plus lumineux et plus vaste que le précédent, et nous avons pu y loger un piano à queue pour nos concerts *live*, ce qui nous plaisait beaucoup. Mais nous avons dû contracter de nouveaux emprunts. Décidément, nous n'étions toujours pas tranquilles. À y repenser rétrospectivement, je me dis que cette phrase, « Nous n'étions toujours pas tranquilles », a été une espèce de leitmotiv dans ma vie.

C'est ainsi que, entre vingt et trente ans, j'ai trimé du matin au soir à toutes sortes de tâches très physiques, essentiellement afin de rembourser mes dettes. Quand je me remémore ces années-là, je me souviens surtout d'avoir travaillé comme un fou. À l'âge où la plupart font la fête, je n'avais ni le loisir ni les possibilités financières de profiter de ces fameux « jours heureux de la jeunesse ». Dès que j'avais un peu de temps libre, je lisais. Tout ce qui me tombait entre les mains. La lecture et la musique étaient mes plus grands plaisirs, même si j'étais par ailleurs débordé et épuisé. Ces joies, personne n'a jamais pu me les enlever.

Alors que j'atteignais mes trente ans, notre bar de Sendagaya est enfin parvenu à un certain équilibre. Nous avions toujours des dettes et, selon les périodes, les affaires marchaient plus ou moins bien. Pas question pour nous de rester les bras croisés, mais nous avions au moins le sentiment de tenir le bon bout.

Je ne pense pas avoir de talent particulier pour les affaires et, comme je ne suis pas d'une nature sociable et affable, je n'étais pas *a priori* disposé à travailler dans le domaine des services, mais faire quelque chose à fond, sans me plaindre, d'autant plus que j'y trouve du plaisir, c'est un de mes points forts. Raison pour laquelle, je pense, notre bar a été à peu près bien géré. Comme j'aimais la musique, j'étais heureux d'exercer un métier en rapport avec elle. Mais voilà que sans m'en apercevoir j'arrivais au seuil des trente ans. Ma jeunesse se terminait. Je me souviens encore du sentiment d'étrangeté que j'ai éprouvé alors. « La vie passe donc si vite », ai-je pensé.

Un après-midi ensoleillé d'avril 1978, je suis allé au stade Jingu, pour assister au match d'ouverture de la Ligue centrale de base-ball, qui opposait les Yakult Swallows aux Carps d'Hiroshima. Le match commençait vers 13 heures. J'étais déjà fan des Swallows et, comme nous habitions non loin du stade Jingu, j'allais souvent me promener là-bas.

Les Swallows avaient toujours été une équipe assez faible. Ils étaient condamnés à végéter en classe B car ils n'avaient pas d'argent et ne pouvaient s'offrir de bons joueurs. Autant dire qu'ils n'étaient pas très populaires. Alors qu'il s'agissait d'un match d'ouverture, le public était très clairsemé. Je me suis donc allongé seul sur l'herbe et j'ai regardé le match en buvant une bière. À cette époque, il n'y avait pas de sièges pour les spectateurs, on s'asseyait simplement sur les talus alentour. Le ciel était totalement dégagé, la bière glacée, la balle blanche se découpait, très nette, sur l'herbe d'un vert que je n'avais pas vu depuis très longtemps. Le base-ball devrait toujours être vu dans des stades, voilà la vérité.

Le premier batteur des Swallows était un Américain, Dave Hilton, un joueur peu connu, un homme fin et élancé. C'est lui qui a frappé la première balle. Charlie

Manuel arborait le numéro 4. Plus tard, il deviendrait célèbre comme manager des Indians et des Phillies, mais, pour l'heure, c'était un batteur puissant et intrépide, surnommé par ses fans japonais « le Démon roux ».

Je crois que le premier lanceur des Carps d'Hiroshima était Satoshi Takahashi. Yasuda jouait pour les Yakult. Lorsque Takahashi a ouvert, dans la seconde moitié de la manche, Hilton a frappé la balle vers la gauche et atteint la deuxième base. Le bruit de la batte frappant la balle a résonné merveilleusement dans tout le stade. Il y a eu quelques maigres applaudissements. Et c'est à ce moment, précisément, sans aucun rapport avec cet environnement, qu'une pensée m'a traversé l'esprit : « Tiens, et si j'écrivais un roman ? »

Je me souviens encore très nettement de la sensation de cet instant. J'avais l'impression que quelque chose allait tomber du ciel, lentement, presque en flottant, et que j'allais le recueillir dans mes mains. Pourquoi le *hasard* voulait-il que cela tombe entre mes mains, je n'en avais aucune idée. Je l'ignorais à cette époque, et je l'ignore encore aujourd'hui. Quelle qu'en soit la raison, *cela* a eu lieu. Cela a été… comment le dire ? Une sorte de révélation. Sans doute le mot « épiphanie » conviendrait-il mieux. Traduit en japonais, cela donne une expression très compliquée. Aussi dirons-nous simplement que cet après-midi-là quelque chose m'est soudain apparu, qui a totalement changé ma perspective. Ma vie s'est transformée à l'instant où, dans le stade Jingu, Dave Hilton, premier batteur, a atteint la deuxième base grâce à sa frappe précise, splendide.

Lorsque le match s'est terminé (je me souviens que les Swallows avaient gagné), j'ai pris le train pour le quartier de Shinjuku, afin d'aller acheter une rame de papier et un stylo (un Sailor, à 2 000 yens). À l'époque, il n'y avait ni traitement de texte ni ordinateur, et l'on devait écrire chaque caractère à la main. Mais cela a été pour moi une sensation absolument nouvelle et vivifiante. J'étais excité et joyeux. Cela faisait déjà longtemps que je n'avais plus tenu un stylo entre mes doigts.

Tard dans la nuit, après la fermeture du bar, je m'installais à la table de cuisine pour écrire. Ces quelques heures avant l'aube étaient mon seul temps libre. Voilà comment j'ai rédigé le roman *Écoute le chant du vent*, tâche qui m'a pris environ six mois. (Au début, le titre était différent.) Lorsque j'ai achevé le premier jet, on atteignait la fin de la saison au stade Jingu. Soit dit en passant, les Swallows de Yakult avaient déjoué tous les pronostics cette année-là. Ils avaient gagné la Ligue et, sur leur lancée, avaient écrasé les Hankyu Braves, qui comptaient pourtant dans leurs rangs les meilleurs lanceurs du Japon. C'était vraiment une saison fantastique, miraculeuse.

Écoute le chant du vent est un roman court, qui fait tout juste deux cents pages manuscrites. Mais il m'a fallu beaucoup de temps et de peine pour l'achever. D'abord parce que mes heures de liberté étaient rares, bien sûr, mais surtout parce que je n'avais pas la moindre idée de la façon dont il fallait s'y prendre pour écrire un roman. À vrai dire, j'avais dévoré les romans russes du XIXe siècle ou les romans américains en éditions de poche, mais je n'avais pratiquement jamais eu de littérature contemporaine japonaise (celle qu'on nomme la « grande littérature ») entre les mains. J'ignorais donc totalement ce qu'étaient les romans qui se lisaient alors au Japon et de quelle façon en écrire un moi-même.

« Allons, me suis-je dit… je devrais m'en sortir ! » Et, en l'espace de quelques mois, j'ai écrit un certain nombre de pages qui correspondaient à l'idée que je me faisais d'un roman. Je ne peux pas dire que le résultat m'ait comblé. « Eh bien, mon petit vieux, qu'est-ce que tu peux faire maintenant ? » ai-je pensé, découragé. Le texte adoptait certes plus ou moins la forme d'un roman, mais sa lecture était inintéressante et l'on n'avait guère envie d'aller jusqu'à la fin. Si tel était le sentiment de celui qui l'avait écrit, qu'en penseraient les lecteurs ? Je me suis senti tout à fait abattu et j'ai songé que non, décidément, je ne possédais aucun talent romanesque. Normalement, j'aurais dû en rester là ; mais voilà, subsistait dans mes mains la sensation unique éprouvée au stade Jingu, cette fameuse « épiphanie ».

Après avoir réfléchi, il m'a paru évident que mon incapacité dans ce domaine était parfaitement naturelle. Après tout, de ma vie, je n'avais encore jamais écrit de roman. Je ne pouvais tout de même pas m'attendre à réussir du premier coup une œuvre remarquable. Mais alors, si je n'étais pas capable d'écrire un bon roman, pourquoi ne pas me débarrasser de toutes mes idées préconçues sur les romans et la littérature ? Pourquoi ne pas me laisser aller librement au fil de la plume, à retranscrire ce qui me passait par la tête ?

Plus facile à dire qu'à faire. Pour quelqu'un d'inexpérimenté, en particulier, l'entreprise était presque insurmontable. Afin de considérer tout cela sous un angle radicalement différent, j'ai d'abord décidé de mettre de côté papier et stylo, forcément liés à une certaine posture « littéraire ». À la place, j'ai sorti d'une armoire une machine à écrire Olivetti, avec un clavier anglais. J'ai décidé de faire une tentative : rédiger mon roman en anglais. Après tout, je n'avais rien à perdre. Alors, pourquoi pas ?

Ma maîtrise de l'anglais, bien entendu, était loin d'être parfaite. Je ne disposais que d'un vocabulaire restreint et d'un nombre limité de constructions grammaticales. Mes phrases étaient forcément très courtes. Même si j'avais la tête pleine de pensées complexes, je n'étais pas en mesure de les exprimer en anglais. Par conséquent, j'ai retranscrit leur contenu dans les termes les plus simples possible, me suis livré à des paraphrases facilement compréhensibles, ai écarté tout superflu dans les descriptions, adopté pour l'ensemble une compacité formelle et me suis limité à ce qui pouvait entrer dans le récipient dont je disposais. J'ai ainsi enfanté un texte particulièrement dépouillé. Néanmoins, au fur et à mesure de ma progression laborieuse se faisait jour, petit à petit, une écriture dotée d'un rythme personnel.

Je suis japonais, je suis né au Japon et j'ai toujours parlé le japonais. Mon système tout entier est saturé de mots japonais, d'expressions japonaises. Lorsque je cherche à mettre en mots des sentiments intérieurs ou des images intimes, des allers-retours effrénés se font entre les émotions que je porte en moi et leur expression, au risque de court-circuiter le système entier. Mais cette éventualité n'existe pas lorsqu'on écrit dans une langue étrangère, à l'expressivité limitée. Ce que j'ai découvert alors, c'est que l'on pouvait exprimer des sentiments et des intentions avec un nombre restreint de mots et de tournures, à condition de parvenir à les associer efficacement. Cette combinaison pouvait se révéler tout à fait performante. En somme, il n'était pas nécessaire d'aligner toutes sortes de mots compliqués. Il n'y avait pas non plus obligation d'user d'un style exquis pour toucher les lecteurs.

Bien plus tard, j'ai appris qu'Agota Kristof avait écrit un certain nombre de romans magnifiques en utilisant une manière de faire un peu analogue. Elle qui était hongroise dut s'exiler en Suisse durant les troubles de 1956. C'est là qu'elle a commencé à écrire en français, plus ou moins par nécessité. Le français était pour elle une langue étrangère, qu'elle a dû assimiler peu à peu. Pourtant, par le biais de cette langue étrangère, elle a réussi à se créer un style complètement nouveau. Un bon rythme, des phrases courtes, un vocabulaire direct, dénué de périphrases, des descriptions précises, sans pose. Elle est parvenue à faire transparaître dans ses écrits une atmosphère mystérieuse, lourde de secrets, avec une grande économie de moyens. Je me souviens d'avoir ressenti quelque chose de familier dans le premier texte que j'ai lu d'elle. Même si, bien entendu, l'orientation générale de son roman était très différente.

Après avoir « découvert » ces résultats intéressants et acquis mon propre rythme d'écriture, j'ai de nouveau rangé la machine à écrire et son clavier anglais dans l'armoire. Je me suis assis à ma table avec des feuilles de papier et un stylo et j'ai « traduit » en japonais ce que j'avais rédigé en anglais. Je dis « traduire », alors qu'en fait il ne s'agissait pas d'une traduction littérale, évidemment, plutôt d'une libre adaptation. De là s'est ensuivi nécessairement un nouveau style japonais. Un style qui, en même temps, m'était personnel. Un style que j'avais moi-même trouvé. Et j'ai pensé alors : « C'est bon, à présent, tu peux écrire en japonais. » C'était comme si mes yeux s'étaient dessillés

On a parfois dit de mes phrases qu'elles faisaient penser à une traduction. Je ne sais pas exactement ce qu'il faut comprendre par là, mais je crois que c'est à la fois vrai et faux. Le premier chapitre, je l'ai effectivement « traduit » en japonais. J'avais pour dessein de construire un style souple et « neutre », en renonçant à tout ornement superflu. Je n'avais pas pour projet d'écrire un japonais dont la japonéité aurait été diluée, mais d'écrire un roman japonais qui aurait un ton naturel et ma voix propre, le plus loin possible du style romanesque de ce qu'on appelle habituellement la « grande littérature ». Et, à cette fin, je devais utiliser des moyens inhabituels. Si je suis honnête, la langue japonaise n'était sans doute pour moi à cette époque qu'un outil fonctionnel.

Il est possible que certains Japonais voient là comme une insulte. Il m'est arrivé d'entendre ce genre de critique. Mais, par nature, les langues sont très solides. S'appuyant sur une longue histoire, elles possèdent en elles une force opiniâtre. Quoi qu'on leur fasse subir, il sera impossible de porter atteinte à leur intégrité, même si on les traite avec une certaine brutalité. Il faut reconnaître à chaque écrivain la prérogative d'expérimenter les options et les ressources dont disposent les langues. Sans cet esprit aventureux, rien de nouveau ne sera jamais créé. Pour moi, dans un sens, la langue japonaise est un outil, aujourd'hui encore. Et c'est quand on cherche à approfondir son aspect fonctionnel que, pour le dire avec une certaine emphase, on parvient à la renouveler. J'en suis persuadé.

Toujours est-il que je me suis servi du style que je m'étais approprié et que j'ai réécrit ainsi, de bout en bout, la version achevée et « peu intéressante » de mon roman. L'intrigue est restée à peu près la même mais le style a totalement changé. À la lecture, du coup, l'histoire est devenue tout à fait autre. C'est ainsi qu'*Écoute le chant du vent* a vu le jour sous sa forme définitive. Je n'ai cependant jamais été complètement satisfait de ce roman. En le relisant, j'ai trouvé qu'il y avait de nombreux passages immatures, beaucoup de défauts. Je n'avais réussi à rendre qu'un tiers ou, au mieux, la moitié de ce que je voulais dire. Mais, comme c'était la première fois que je terminais un roman qui avait une allure raisonnablement convaincante, j'ai eu le sentiment d'avoir accompli un déplacement significatif. En d'autres termes, d'être parvenu, jusqu'à un certain point, à donner forme, à ma manière propre, à cette fameuse « épiphanie ».

Ce que j'avais ressenti, c'était moins d'avoir écrit un roman que d'avoir interprété une partition musicale. Ce sentiment, je l'éprouve encore aujourd'hui. Quand j'écris, je ne compose pas un texte dans ma tête. Je transcris plutôt des sensations physiques. J'adopte un certain rythme, je découvre de beaux accords, je crois à la puissance de l'improvisation. En tout cas, lorsque, sur ma table de cuisine, tard dans la nuit, j'ai écrit mon roman (ou ce qui y ressemble), en utilisant le style que je venais de concocter, j'avais le cœur battant d'excitation, comme si j'avais entre les mains un tout nouvel outil. J'étais pleinement heureux. Ou, du moins, cela m'a paru combler le vide qui m'avait habité jusqu'à mes trente ans. Si je pouvais comparer la première version « peu intéressante » avec ce qui est devenu par la suite *Écoute le chant du vent*, les différences seraient plus faciles à pointer. Malheureusement, c'est impossible, parce que j'ai détruit cette première version. Et je n'en garde quasiment aucun souvenir. J'aurais dû conserver ce manuscrit, bien sûr, mais je me suis dit que je n'en aurais plus besoin et je l'ai simplement jeté à la poubelle. Tout ce dont je me souviens, c'est que son écriture ne m'avait pas procuré de grande joie. Je n'avais pas eu de plaisir à l'écrire parce que le style que j'avais alors adopté ne sortait pas de moi d'une manière naturelle. Comme si j'avais dû me déplacer dans un vêtement qui ne m'allait pas.

Un dimanche matin de printemps, j'ai reçu un coup de téléphone d'un rédacteur de la revue littéraire *Gunzo*. « Monsieur Murakami, le roman que vous nous avez envoyé, *Écoute le chant du vent*, fait partie de la dernière sélection pour le prix des Nouveaux Auteurs. » Près d'une année avait passé depuis le match d'ouverture au stade Jingu, et j'avais fêté mon trentième anniversaire. Je crois bien qu'il était 11 heures du matin mais je n'avais presque pas dormi parce que j'avais travaillé très tard dans la nuit. À moitié somnolent, je n'ai d'abord pas très bien compris de quoi il était question. À vrai dire, j'avais presque complètement oublié que ce manuscrit avait été adressé à la rédaction de *Gunzo*. Après l'avoir terminé, je l'avais remis à quelqu'un. Mon besoin d'« écrire quelque chose » avait été satisfait. Pour moi, ce texte représentait une sorte de défi, écrit seulement pour répondre à mon désir. Je n'avais jamais prévu d'être sélectionné pour un prix. Je n'avais même pas de copie du manuscrit. Si je n'avais pas été retenu dans cette dernière sélection, il aurait très vraisemblablement disparu pour toujours (d'ailleurs, l'unique manuscrit ne me fut pas renvoyé). Et peut-être n'aurais-je plus jamais écrit de roman. La vie est parfois étrange.

Le rédacteur m'a précisé que mon roman faisait partie de la dernière sélection, laquelle comprenait cinq œuvres. « Ah bon », me suis-je dit, tout ensommeillé. Je ne saisissais toujours pas la réalité de la situation. Je me suis levé, habillé et, avec ma femme, nous sommes sortis pour une petite promenade. Alors que nous marchions sur l'avenue Meiji, près d'une école de Sendagaya, j'ai aperçu un pigeon voyageur blotti sous un buisson. Il semblait blessé à une aile. Je l'ai soulevé et j'ai constaté qu'il portait une bague avec un nom sur une patte. Je l'ai pris dans mes mains précautionneusement et je suis allé le déposer au poste de police le plus proche, sur Omotesandō, à Aoyama. Tout le long du chemin, dans les petites rues du quartier de Harajuku, j'ai senti au creux de mes paumes la chaleur du pigeon blessé. Il tremblait légèrement. C'était un dimanche frais et ensoleillé ; les arbres, les maisons, les vitrines des magasins miroitaient dans la belle lumière du printemps.

Et soudain, j'ai su. Je serais le lauréat du prix *Gunzo*. Et je deviendrais un écrivain. Et j'aurais du succès. Cela pourra paraître prétentieux, mais, à cet instant, j'étais convaincu de tout cela. Oui, je le savais. Ce n'était pas une question de logique, juste une intuition.

Je me souviens encore très distinctement de la sensation, de ce quelque chose d'aérien qui m'était tombé dans les mains, il y a plus de trente ans, un après-midi de printemps, au stade Jingu. Et je me souviens de cet autre après-midi printanier, un an plus tard, où j'ai recueilli, près de l'école de Sendagaya, un pigeon blessé. Et je me souviens de sa chaleur dans mes mains. Et quand je réfléchis à ce que signifie « écrire un roman », ce sont ces sensations qui me reviennent toujours en mémoire. Ces souvenirs-là m'inclinent à croire qu'il y a *quelque chose* en moi, me laissent rêver à la possibilité de le faire grandir. Que ces sensations subsistent encore en moi aujourd'hui, c'est merveilleux.

Quand j'ai rédigé mon premier roman, j'ai éprouvé du plaisir, de la joie, et ces sentiments-là n'ont pas fondamentalement changé. Je me lève chaque matin très tôt, je me prépare du café, le verse dans un grand mug que j'emporte sur ma table et j'ouvre mon ordinateur. (Il m'arrive parfois de songer avec nostalgie aux feuilles de papier et au gros stylo-plume Montblanc que j'ai tant aimé utiliser.) Et puis je m'interroge sur ce que je vais écrire. Alors, je suis vraiment heureux. Pour être franc, pas une seule fois je n'ai ressenti qu'écrire était pour moi quelque chose d'éprouvant. Je n'ai jamais fait non plus l'expérience angoissante de ne pas pouvoir écrire (du moins, jusqu'à ce jour, heureusement). En fait, je crois que cela n'aurait aucun sens d'écrire un roman si l'on n'y prenait pas de plaisir. Je n'aurais jamais pu m'habituer à écrire en percevant cela comme une corvée. Pour moi, au fond, un roman doit pouvoir jaillir en toute liberté.

Je ne me considère en aucun cas comme un génie. Je ne pense pas non plus être le détenteur d'un don spécial. Bien entendu, étant donné que cela fait plus de trente ans que je gagne ma vie comme écrivain, on ne dira pas que je n'ai aucun talent. Je dois sans doute posséder quelque chose comme une certaine « disposition » ou une certaine « inclination » personnelle. Mais je crois qu'il est inutile que je me tourmente à ce propos. Mieux vaut laisser d'autres que moi – en admettant qu'ils existent – apprécier la question.

Ce qui m'a été le plus précieux tout au long de ces années (et qui l'est toujours), c'est la conscience directe, immédiate, d'avoir eu *l'occasion* d'écrire des romans, en vertu d'une espèce de force intérieure. J'ai saisi cette occasion et, gratifié aussi par un soupçon de chance, j'ai réussi à devenir romancier. Je ne sais pas en fin de compte par qui cette « disposition » m'a été attribuée. Je voudrais exprimer en toute sincérité ma gratitude pour le cours des événements tels qu'ils se sont produits. Cette « disposition » que j'ai reçue, je dois la défendre précieusement, de la même façon qu'on protège un pigeon blessé, et me réjouir de pouvoir continuer à écrire des romans. Et pour la suite, qui vivra verra.

3

À propos des prix littéraires

J'aimerais m'expliquer sur les prix littéraires. Pour commencer, prenons un exemple, celui du prix Akutagawa[1]. C'est un sujet qui touche à certains points délicats et soulève différents problèmes. Je pense néanmoins qu'il est préférable d'en parler sans craindre d'être mal compris. En commentant le prix Akutagawa, nous serons sans doute amené à discuter des prix littéraires en général, lesquels sont, de nos jours, une facette significative des débats sur la littérature.

Il y a un certain temps, un magazine littéraire avait publié un article à propos du prix Akutagawa, dans lequel il était écrit notamment : « Le prix Akutagawa possède un véritable pouvoir magique. Pourtant, il y a des écrivains qui s'agitent, qui font bien du tapage alors qu'ils ne l'ont pas obtenu, et qui voient leur réputation s'étendre de plus en plus. Certains, comme M. Haruki Murakami, qui ont également échoué à recevoir cette distinction, se tiennent à l'écart du monde littéraire et

1. Un peu l'équivalent de notre prix Goncourt, décerné deux fois par an. Ryūnosuke Akutagawa (1892-1927) est l'auteur, entre autres, de *Rashōmon*, adapté au cinéma par Kurosawa. *(Toutes les notes sont de la traductrice.)*

ont néanmoins une influence grandissante. » L'article était signé par un certain Yuyu Soma, mais c'est sans doute un pseudonyme.

Il est de fait qu'il y a plus de trente ans j'ai été deux fois nommé pour ce prix. Mais je ne l'ai pas obtenu. Et il est de fait également que je me tiens relativement éloigné du monde littéraire. Mais mon éloignement n'est pas dû au fait que je n'ai pas reçu ce prix. Il résulte plutôt de mon manque d'intérêt et aussi de mon incapacité à me mouvoir dans ce milieu. Cela me gêne que l'on invoque arbitrairement un lien entre des faits qui n'ont pourtant pas de rapport entre eux.

« Ah… Étant donné que Haruki Murakami n'a pas obtenu le prix Akutagawa, il s'est mis à l'écart du monde littéraire » est la conclusion logique que certains lecteurs tireront sans doute de ces lignes. On peut craindre au pire que cela ne devienne une opinion communément admise. Alors que différencier judicieusement une déduction d'une conclusion paraît fondamental chez ceux qui rédigent ce genre d'article. Néanmoins, peut-être devrais-je me réjouir – autrefois, on disait : « Le monde littéraire ne veut pas de lui », alors qu'on écrivait désormais que je m'étais éloigné de moi-même de ce monde-là.

Si je me suis tenu à une certaine distance du monde littéraire, c'est, je crois, parce que, à l'origine, je n'ai jamais eu le projet de devenir romancier. J'étais un homme tout ce qu'il y a de plus ordinaire, je menais une vie parfaitement banale, jusqu'à ce qu'un jour me soit venue, tout soudain, l'idée d'écrire un roman. Lequel a obtenu le prix des Nouveaux Auteurs. Je n'avais alors pas la moindre idée de ce qu'étaient le monde ou les prix littéraires.

Et puis, à cette époque, mon travail principal absorbait tout mon temps et j'étais accaparé par mille tâches. Il m'aurait été difficile de tout concilier, même si je l'avais voulu, et je n'avais aucune disponibilité pour tout ce qui n'était pas indispensable.

Après être devenu romancier à temps plein, j'ai été moins débordé. Mais, en réalité, je mène une vie de lève-tôt-couche-tôt, je fais du sport quotidiennement, ce qui implique que je ne sors presque jamais le soir. Et que je n'ai jamais mis les pieds dans les ruelles du Shinjuku Golden Gai[1]. Cela ne veut pas dire que j'éprouverais de l'aversion pour le monde littéraire ou le Golden Gai. Simplement, je n'ai nul besoin de me rendre dans ce genre de lieu, et je n'en ai par ailleurs pas le temps.

J'ignore si le prix Akutagawa a un « pouvoir magique » et j'ignore également si j'ai de l'influence. Je n'ai jamais réfléchi à ces questions. Et aujourd'hui encore, je ne sais pas exactement qui a été lauréat de ce prix et qui ne l'a pas été. Cela ne m'a jamais intéressé. Ni autrefois ni encore moins aujourd'hui. Quand bien même, comme le dit l'auteur de l'article, le prix Akutagawa serait doté d'un « pouvoir magique », cette magie ne m'a pas atteint. Elle s'est peut-être trompée de chemin et n'est pas arrivée jusqu'à moi.

J'ai été nominé pour le prix Akutagawa à deux reprises. Avec mon roman *Écoute le chant du vent* et avec *Flipper, 1973*. Mais, si je suis honnête (j'aimerais juste que vous me croyiez), peu m'importait d'être lauréat ou pas.

1. Traditionnel quartier chaud de Tokyo.

Lorsque *Écoute le chant du vent* a été choisi pour le prix des Nouveaux Auteurs de la revue *Gunzo*, j'en ai été pleinement heureux. Je le déclare ici à la terre entière. Ce prix a constitué un événement marquant dans ma vie. C'était mon billet d'entrée dans le monde de l'écriture. Il a tout changé. Devant moi s'ouvrait une porte. Tant que je garderais ce billet en main, tout serait possible ensuite. Alors que le prix Akutagawa n'a provoqué en moi aucune pensée de ce genre.

D'ailleurs, je n'étais moi-même pas totalement convaincu par mes deux premiers romans. À l'époque, j'avais la sensation que seuls 20 % ou 30 % de la force que je possédais s'étaient manifestés. Mais, après tout, c'était la première fois de ma vie que je me lançais dans l'écriture, j'ignorais comment m'y prendre pour rédiger un roman et quelles en étaient les techniques de base. En y repensant aujourd'hui, je me dis au contraire que ces textes recelaient une proportion plutôt réussie. Cependant, en tant qu'auteur, il y avait de nombreux passages dont j'aurais eu du mal à dire que j'en étais satisfait.

Le prix de la revue *Gunzo* avait donc été pour moi un parfait billet d'entrée, mais si j'avais reçu dans la foulée le prix Akutagawa, je crois bien que j'en aurais été accablé, comme par un fardeau trop lourd. Être reconnu à ce stade-là, si tôt, ç'aurait été sans doute un peu *too much*. Plus simplement, je me serais dit : « Ah bon ? Ça vous suffit, un texte pareil ? »

Il y avait aussi en moi l'idée que si je disposais de plus de temps je pourrais écrire des choses bien meilleures. Une pensée plutôt orgueilleuse pour quelqu'un qui, jusque très peu auparavant, n'avait jamais songé à écrire un roman. J'en suis conscient. Mais, pour exposer franchement mon opinion, personne ne deviendrait romancier sans une bonne dose d'orgueil.

Écoute le chant du vent et *Flipper, 1973* ont été l'un et l'autre déclarés par les médias romans du « plus prometteur des candidats » pour le prix Akutagawa. Mon entourage aussi nourrissait l'espoir que je sois lauréat. Mais, pour les raisons que j'ai déjà exposées, j'ai été plutôt soulagé de ne pas avoir été choisi. J'ai parfaitement compris le sentiment des membres du jury qui avaient voté contre moi. Et je n'ai pas éprouvé la moindre rancune à leur égard. Par ailleurs, je n'ai pas cherché à établir de comparaison avec les textes des autres écrivains nommés.

À cette époque, je tenais un club de jazz qui faisait aussi office de café, et je travaillais quasiment tous les jours. Si j'avais été lauréat du prix Akutagawa et soudain exposé aux feux de la rampe, j'aurais eu bien des difficultés avec le tumulte environnant. À partir du moment où l'on tient un commerce, il vous est difficile de vous dérober si des fâcheux envahissent votre espace – il m'est pourtant arrivé à plusieurs reprises de prendre la fuite, quand je n'en pouvais plus.

J'ai été nommé deux fois, et j'ai échoué deux fois. Après ça, les membres du comité ont déclaré : « Désormais, c'est fini pour Murakami. Impossible qu'il soit de nouveau candidat pour le prix Akutagawa. » Et je me souviens comme cette expression « fini » m'a alors paru étrange. Étant donné que ce prix est avant tout décerné à des nouveaux écrivains, il semble que, au bout d'un certain temps, on soit retiré de la liste des candidats. Mais selon ce magazine littéraire, il y a pourtant eu des auteurs nommés six fois, alors que pour moi c'était « fini » après deux fois seulement. Je ne connais pas la situation précisément mais, en tout cas, l'establishment littéraire tout entier semblait d'accord pour déclarer qu'avec moi c'était « fini ». Très certainement une question de convention.

Je n'ai pas été particulièrement déçu, néanmoins, après avoir été déclaré « fini ». Au contraire, plutôt soulagé. Enfin, je n'aurais plus à penser au prix Akutagawa. Je me suis senti tout à fait léger, délivré. Il m'était parfaitement égal d'être lauréat ou pas, mais une fois ma nomination connue, plus la date fatidique approchait, plus mon entourage se montrait fébrile, et je me souviens combien cette atmosphère m'était pénible. Il régnait une ambiance étrange, pleine d'attentes et d'énervement. Le fait d'être simplement nommé avait déjà attiré les médias en nombre, le retentissement était énorme, même s'il y avait aussi de l'hostilité, et ces atermoiements sans fin étaient parfaitement assommants. J'avais déjà trouvé éprouvant d'avoir dû subir tout cela à deux reprises, mais l'idée d'en repasser par là chaque année était carrément démoralisante.

Le plus déprimant dans cette histoire était que tout le monde voulait me réconforter. Dès qu'on savait que je n'étais finalement pas lauréat, des gens en foule déboulaient chez moi. « Dommage pour cette fois... Mais ce sera sûrement pour la suivante. Et courage pour votre prochain roman ! » Je comprenais que tous – ou presque tous – étaient animés des meilleures intentions du monde, mais j'avais bien du mal à leur répondre. Je me débattais dans des émotions complexes que je dissimulais en bredouillant une réponse à peu près appropriée. Car si j'avais déclaré « Cela n'a aucune importance pour moi de ne pas avoir été lauréat », personne ne m'aurait pris au sérieux, et je me serais simplement retrouvé encore plus embarrassé.

La chaîne de télévision NHK aussi s'est montrée désagréable. Alors qu'on en était à l'étape des nominations, j'ai reçu un appel : « Si vous obtenez le prix, soyez prêt à apparaître à notre émission du matin. » Comme j'étais très occupé par mon travail et que, de toute façon, ce genre de chose ne me disait rien (par tempérament, je n'aime pas parler en public), j'ai refusé. Mais le journaliste n'a pas renoncé pour autant, il s'est montré lourdement insistant, m'a harcelé pour connaître les raisons de mon refus. À chaque nomination, c'est le même manège, et des tracas sans fin.

On peut trouver ça étrange et se demander pourquoi le prix Akutagawa suscite autant d'agitation. Il y a quelques années, un livre intitulé *Pourquoi Haruki Murakami n'a-t-il pas obtenu le prix Akutagawa ?* s'est retrouvé dans les librairies. Je n'ai pas lu cet ouvrage – j'aurais été trop gêné de l'acheter –, et j'ignore donc tout de son contenu, mais je ne peux m'empêcher de trouver étonnant que l'on publie ce genre de texte.

À supposer que j'aie été alors couronné par ce prix, je ne crois pas que le sort du monde en aurait été changé, ni que ma vie en aurait été transformée. Le monde serait sans doute dans la même situation qu'aujourd'hui, et moi je continuerais, peut-être de manière légèrement différente, à écrire mes romans, à peu près à la même cadence, comme je le fais depuis plus de trente ans. Mes livres seraient appréciés par le même type de lecteurs, rejetés par le même type de détracteurs (de toute évidence, mon manque d'intérêt pour les prix littéraires, « défaut » que j'ai en moi de naissance, irrite pas mal de gens).

Admettons que le prix m'ait été décerné et que cela ait empêché la guerre en Irak d'avoir lieu (ou un autre événement de ce genre) : je me sentirais évidemment responsable. Mais tout cela est invraisemblable. Fallait-il donc qu'un livre soit spécialement écrit pour expliquer pourquoi je n'ai pas reçu ce prix ? Je le répète, je ne comprends pas. Une tempête dans un verre d'eau. Beaucoup de bruit pour rien.

Je vais peut-être en irriter certains, mais à l'origine le prix Akutagawa était simplement un prix lancé par les éditions Bungeishunju. Je ne veux pas dire uniquement à des fins commerciales, non, mais affirmer qu'il n'a aucune visée commerciale serait tout aussi inexact.

En tout cas, j'aimerais donner l'opinion sincère d'un romancier qui exerce depuis de longues années : environ tous les cinq ans émerge chez les nouveaux auteurs un écrivain qui mérite une grande attention. Ou disons, si l'on est plus indulgent sur le niveau d'exigence, tous les deux ou trois ans. Or, ce prix est toujours attribué deux fois par an, ce qui, nécessairement, signale une dégradation dans la qualité des œuvres. Bien entendu, cela n'a aucune importance (les prix étant soit un encouragement, soit une sorte de célébration, leur donner un grand retentissement n'est pas mauvais en soi), mais, objectivement, je m'interroge sur la frénésie qui s'empare des médias à chaque fois, transformant la remise du prix en un événement public. Il y a là-dedans une curieuse disproportion.

Mais ce raisonnement ne vaut pas seulement pour le prix Akutagawa, il s'applique aussi aux prix littéraires du monde entier et pose la question de leur véritable valeur : car enfin, des prix décernés par l'American Academy of Arts and Letters au prix Nobel de littérature, à l'exception de certains cas particuliers dont la valeur est mesurable, on ne peut quantifier leur mérite et ils ne reposent par conséquent sur aucun fondement objectif. Critiquer une œuvre est certes toujours possible, l'apprécier également.

Voici ce qu'a dit Raymond Chandler dans une lettre, à propos du prix Nobel : « Est-ce que je veux être un grand écrivain ? Est-ce que je veux obtenir le prix Nobel ? Le prix Nobel de littérature, oui bon, et alors ? Ils l'ont donné à tant d'écrivains de second ordre. La liste serait sans fin. Sans compter qu'il faudrait que j'aille à Stockholm, que je sois en habit, que je fasse un discours. Le prix Nobel vaut-il tant de peine ? Non, catégoriquement. »

L'écrivain américain Nelson Algren (*L'Homme au bras d'or*, *La Rue chaude*), chaleureusement parrainé par Kurt Vonnegut, a reçu en 1974 de l'American Academy of Arts and Letters la médaille du Mérite. Il s'est pourtant dispensé de la cérémonie de remise du prix, se contentant de rester au bar et de boire en compagnie d'une jeune femme. C'était bien entendu absolument intentionnel. Quand Studs Terkel, qui raconte cette anecdote, lui demanda ce qu'il avait fait de sa médaille, il répondit : « Je ne sais pas… J'ai dû la jeter quelque part. »

Chez ces deux écrivains, il s'agit naturellement d'exemples extrêmes, d'hommes qui toute leur vie ont revendiqué un non-conformisme résolu. Sans doute partageaient-ils l'opinion que, pour un vrai écrivain, un certain nombre de choses étaient plus importantes qu'un prix littéraire, et voulaient-ils l'exprimer ainsi. Il y a d'abord le fait de créer soi-même quelque chose qui a du sens, et ensuite le fait que des lecteurs

– nombreux ou pas, peu importe – ratifieront le sens de cette œuvre en lui donnant la valeur qu'elle mérite. Quand un écrivain atteint cette double consécration, les prix n'ont pour lui aucune importance. Ils ne sont qu'une confirmation sociale, une sanction formelle délivrée par le monde littéraire.

D'un autre côté, le grand public, bien souvent, a besoin de voir son attention se focaliser sur des objets palpables, concrets. Fondamentalement, une œuvre littéraire est sans forme, mais, dès lors qu'elle reçoit un prix ou une médaille, elle devient plus tangible. On peut l'appréhender. Ce formalisme, sans rapport avec la nature de l'œuvre littéraire, tout autant que la morgue des jurés (« Nous vous accordons un prix, alors venez et acceptez-le ! »), n'était-ce pas cela qui exaspérait plus que tout Chandler et Algren ?

Pour une raison que je ne m'explique pas, on n'a cessé de m'interroger (au Japon comme à l'étranger) sur mon sentiment au sujet des prix littéraires. Chaque fois, j'ai fait la même réponse : « Ce qui est le plus important pour moi, ce sont les lecteurs. En comparaison des lecteurs qui paient mes livres de leur poche, les prix, les médailles ou les bonnes critiques n'ont aucune véritable signification. » J'ai répété ces mots encore et encore, mais c'est à croire que presque personne ne m'a écouté. En général, on m'a ignoré.

À bien y réfléchir, je me dis que ma réponse est peut-être trop plate, ennuyeuse. Sans doute l'entend-on comme une déclaration de bon ton, de pure politesse. Du moins, elle ne suscite guère l'intérêt des journalistes. Mais tant pis. Si ennuyeuse qu'elle puisse paraître, c'est le fond de ma pensée. Et c'est pourquoi je la répète inlassablement. Lorsqu'un lecteur se procure un livre en le payant x euros, ce n'est pas à l'argent qu'il songe mais (sans doute) uniquement à l'envie qu'il a de lire ce livre. Il a un sentiment d'attente. Et moi je suis plein de gratitude pour tous ces lecteurs. En comparaison… et puis non, il est inutile que je donne des exemples.

Faut-il vraiment le redire ? Il y a des œuvres qui passent à la postérité et qui ne reçoivent pas de prix. À l'inverse, il est possible que bien des gens ne se souviennent pas des œuvres récompensées par le prix Akutagawa deux ans auparavant ou du nom de l'écrivain qui a reçu le prix Nobel il y a trois ans. Vous, vous le savez ? En revanche, une œuvre véritablement remarquable défie le temps et reste à jamais dans la mémoire des hommes. Qui se soucie de savoir si Ernest Hemingway a reçu le prix Nobel (il l'a reçu) ou Jorge Luis Borges (l'a-t-il eu, au fait ?) ?

Un prix littéraire peut braquer les projecteurs sur un livre mais il ne peut lui insuffler de la vie. Inutile d'insister.

Ne pas avoir eu le prix Akutagawa m'a-t-il désavantagé ? Après avoir un peu réfléchi à la question, j'en suis arrivé à l'idée que non. Alors, en ai-je tiré profit ? Non, je ne pense pas avoir retiré un avantage spécial du fait de ne pas avoir reçu ce prix. Tout au plus, ne pas avoir à apposer le titre « lauréat du prix Akutagawa » à côté de son nom donne peut-être matière à une légère réjouissance. Car en fin de compte, pure hypothèse, quand ce titre est accolé à son nom, ne va-t-on pas vous suggérer que le prix Akutagawa vous a drôlement aidé ? Ce doit être, je suppose, une impression assez pénible. Aujourd'hui, je n'ai nul titre de ce genre à afficher et je me sens léger, tranquille. Être juste « Haruki Murakami », ce n'est pas si mal. Du moins à mes yeux.

Non pas parce que j'aurais de l'hostilité vis-à-vis de ce prix (non, je n'éprouve rien de tel), mais parce que je ressens finalement comme une certaine fierté à écrire ce qui est le produit de ma « compétence personnelle » et à vivre ma propre vie. Ce n'est peut-être pas grand-chose, mais pour moi c'est extrêmement important.

Ce n'est qu'une estimation, mais je suppose que la part des lecteurs de littérature actifs et réguliers représente environ 5 % de la population. Ce sont ceux que l'on pourrait appeler le « noyau dur » du lectorat. De nos jours, on évoque souvent la désaffection à l'égard des livres ou le désintérêt pour la chose écrite, et je pense que c'est exact, jusqu'à un certain point. Néanmoins, j'imagine que ces plus ou moins 5 % continueront obstinément à lire, sous une forme ou sous une autre, et même si on voulait les en empêcher par la contrainte. Peut-être n'iraient-ils pas aussi loin que les résistants de *Fahrenheit 451*, par Ray Bradbury, qui fuient l'oppression, se cachent dans la forêt et apprennent par cœur un livre… Moi, c'est sûr, je le ferais. Mais, en tout cas, je suis certain qu'ils continueraient à lire quelque part, secrètement.

Une fois que l'on a pris l'habitude de lire – en général, c'est une habitude qui s'acquiert quand on est jeune –, on a du mal à s'en passer, et, malgré YouTube et des jeux vidéo en 3D à portée de la main, on prend volontiers un livre dès qu'on en a le temps (ou même quand on n'en a pas).

Et tant qu'il y aura ces lecteurs, qu'ils soient vingt ou qu'il n'y en ait qu'un seul, je n'aurai pas de véritable inquiétude sur l'avenir de la littérature. Les e-books ou autres formats de ce type ne me préoccupent pas non plus. Peu importe quel vecteur elle emprunte : papier, écran ou, comme dans *Fahrenheit 451*, transmission orale.

La question qui me tourmente bien plus sérieusement est la suivante : *moi-même, quel genre d'œuvres vais-je présenter à ces lecteurs-là ?* Tout le reste, au fond, est à mes yeux sans importance. Parce que tout de même, quand j'évoque ce chiffre de 5 % de la population japonaise, cela représente environ 6 millions de personnes. Avec ce seul marché, un auteur pourrait être largement sustenté. Et si l'on se tourne vers le monde entier, bien entendu, le nombre des lecteurs est multiplié.

Mais les 95 % restants de la population, eux, ont peu d'occasions de rencontrer la littérature dans leur quotidien, et les occasions de le faire risquent d'être de plus en plus rares. Le désintérêt pour l'écrit ira sans doute croissant. Pourtant, il me semble que pour l'heure – ce n'est cependant qu'une simple estimation, encore une fois – au moins la moitié de ces non-lecteurs a un intérêt pour la littérature, en tant que divertissement intellectuel ou en tant que phénomène socioculturel. S'ils en avaient l'occasion, ils pourraient prendre un livre en main et envisager de le lire. Ces lecteurs potentiels, s'il s'agissait d'élection, on en parlerait comme des « indécis ». Alors, je pense qu'il faudrait créer pour eux des ponts. Des sortes de showrooms. Et l'un de ceux-là, aujourd'hui, est sans doute le prix Akutagawa. En matière de vins, c'est le beaujolais nouveau, pour la musique, c'est le concert du Nouvel An à Vienne, pour la course, c'est le marathon Hakone Ekiden[1]. Et puis, bien entendu, il y a le prix Nobel de littérature, mais en reparler risque d'être un peu lassant.

1. Célèbre course de relais interuniversitaire entre Tokyo et Hakone.

De ma vie, je n'ai jamais fait partie d'un jury littéraire. Non pas qu'on ne me l'ait pas demandé, mais à chaque fois j'ai répondu, en présentant mes excuses, que cela m'était impossible. Je pense que siéger dans un jury littéraire ne convient pas à ma personnalité.

La raison en est très simple. Je suis quelqu'un de trop profondément individualiste. J'ai des vues tout à fait personnelles et je ne peux les mettre en œuvre qu'au cours d'un processus qui m'est spécifique. Et tout mon style d'existence est organisé afin que ce processus soit en mesure de se poursuivre. Il me serait sinon impossible d'écrire.

Néanmoins, ces règles de vie me sont propres, et je ne prétends pas du tout qu'elles devraient convenir aux autres écrivains. Je ne songe pas non plus à bannir tous ceux qui n'agissent pas comme moi. Nombreuses sont les manières de vivre de par le monde, et je les respecte toutes, même si elles sont très différentes de la mienne. Certaines sont totalement incompatibles avec les miennes, d'autres sont pour moi incompréhensibles. Quoi qu'il en soit, je considère les choses selon un axe qui m'est propre, et je ne saurais porter d'appréciation sur les autres. En termes positifs, on parlera d'individualisme, mais on pourra aussi y voir de l'égoïsme ou du narcissisme. Mais si je m'avisais de juger les œuvres des autres avec des normes aussi particulières, j'aurais le sentiment de faire quelque chose d'intolérable. J'aurais peur, moi qui suis un écrivain jouissant d'une position solide, de décider du destin de tout jeunes auteurs, en fonction de ma vision du monde biaisée. C'est une chose dont je suis tout à fait incapable.

Et si l'on me faisait observer que je n'assume pas la

responsabilité sociale qui est la mienne en tant qu'écrivain, j'en conviendrais volontiers. Oui, le prix *Gunzo* des Nouveaux Auteurs m'a ouvert la porte, m'a donné un billet d'entrée et m'a permis d'entamer ma carrière d'écrivain. Il est possible que sans ce prix je ne sois pas devenu romancier. J'aurais jeté l'éponge et n'aurais plus jamais rien écrit. Par conséquent, ne devrais-je pas rendre le même service à la jeune génération ? En dépit de ma fameuse vision du monde biaisée, ne pourrais-je pas m'efforcer à un minimum d'objectivité pour fournir aux jeunes auteurs leur billet d'entrée et leur donner ainsi leur chance ? En effet, tout cela est peut-être juste. Que je ne sois pas capable de fournir cet effort trahit peut-être de la négligence de ma part.

Mais je vous demande de réfléchir au fait que, pour un écrivain, le devoir le plus important est de continuer à écrire des textes, si possible de qualité, et à les offrir aux lecteurs. Je suis un écrivain en activité, ou, pour le dire autrement, un écrivain encore en voie de développement. Un homme en perpétuelle recherche, qui tâtonne et s'interroge sur ce qu'il fait, et sur la façon dont il le fait. Un humain, de chair et de sang, qui, sur la ligne de front du champ de bataille littéraire, pour ainsi dire, lutte avec acharnement. La tâche qui m'a été assignée est de survivre tout en continuant d'avancer. Mais il n'entre pas dans le domaine de mon travail de lire d'un œil objectif les œuvres des autres auteurs, de les juger, pas plus que d'endosser la responsabilité de me faire leur avocat ou au contraire de les rejeter. Pour pratiquer sérieusement mon métier – car si on se lance dans cette activité, comment ne pas s'y livrer sérieusement ? –, il faut énormément de temps et d'énergie. Et gaspiller une partie de mon temps et de mon énergie – je n'en ai pourtant pas de trop –, cela m'est impossible. Certains sont visiblement capables de tout mener de front mais, de mon côté, je suis déjà surchargé par les tâches quotidiennes que je me suis moi-même fixées.

Est-ce une façon de penser égoïste ? Oui, sans doute, et qui ne laisse guère de place aux objections. J'entends bien la critique.

D'un autre côté, je n'ai jamais ouï dire qu'un éditeur aurait eu du mal à réunir un jury pour un prix littéraire. Ou qu'un prix aurait dû être supprimé faute de jury. Au contraire, il semble que le nombre de prix littéraires ne cesse d'augmenter dans le monde. Et au Japon, j'ai parfois l'impression qu'on décerne un prix littéraire chaque jour. C'est pourquoi, même si je ne siège à aucun jury, je ne crois pas que le nombre de « billets d'entrée » diminue et que cela devienne un problème de société.

Autre chose encore. À supposer que je sois amené, au sein d'un jury, à critiquer l'œuvre d'un candidat, et que quelqu'un m'interpelle : « Et toi, au fait, si on parlait de tes livres ? Tu te crois en position de jouer les importants ? » Je ne suis pas certain que je saurais lui répondre. Car, après tout, il aurait peut-être raison. Je préfère éviter ce genre de situation.

Il n'est pas dans mes intentions de dénigrer les écrivains qui siègent comme jurés de prix littéraires (autrement dit, mes collègues). Je veux être clair là-dessus. Il existe sans aucun doute des auteurs qui sont en mesure de se consacrer pleinement à leur œuvre tout en conservant l'objectivité nécessaire pour évaluer les textes des nouveaux arrivants. Ces écrivains ont sûrement dans leur tête un interrupteur qu'ils actionnent à leur guise. Par ailleurs, il faut évidemment que quelqu'un assume ce rôle. J'ai du respect et de la gratitude à leur égard, mais moi, malheureusement, je suis incapable d'en faire autant. Moi, pour penser aux choses, pour les évaluer, il me faut du temps, et même avec du temps, il m'arrive souvent de commettre des erreurs de jugement.

Jusqu'ici, je n'ai pas parlé de ce qui est l'essence des prix littéraires. Le problème est que, très souvent, l'attribution d'un prix ne se fait pas par rapport au contenu du livre, mais bien davantage parce que l'ouvrage en question traite d'un sujet qui plaît particulièrement au public. Comme je l'ai déjà expliqué plus haut, alors que je lisais par hasard un petit article sur le prix Akutagawa dans une revue, j'ai brusquement pensé qu'il serait temps pour moi de m'expliquer sur ce que je ressentais à propos des prix littéraires. Et ce, afin d'éviter tout malentendu. Je prenais le risque sinon d'être l'objet d'étranges méprises. Et si je ne les rectifiais pas, je pouvais craindre aussi que ces « malentendus » ne se transforment en jugement définitif.

Néanmoins, parler de ce sujet que l'on qualifiera de « sensible » est plutôt délicat. Car, même si l'on se montre sincère, on pourra être taxé de menteur ou de prétentieux. Et la pierre que l'on aura lancée nous sera sans doute retournée bien plus violemment. Cependant, je crois qu'il vaut mieux appeler un chat un chat. Il y aura sûrement quelque part des gens qui comprendront ce que je veux dire.

Il me semble en particulier utile de souligner une nouvelle fois combien le plus important pour un écrivain reste sa « compétence personnelle ». Les prix ont pour rôle d'offrir un soutien extérieur à cette compétence, mais si le travail accompli par l'écrivain n'a pas porté de fruits, les prix ne compenseront rien.

Ils n'apporteront aucune solution. C'est seulement quand un prix renforce la compétence de l'écrivain, sous une forme ou une autre, qu'il devient bénéfique. Dans le cas contraire, il se transforme en gêne ou en une source d'ennuis – on ne parlera alors pas, malheureusement, de bénéfice. C'est sans doute pour cela que Nelson Algren avait aussitôt jeté sa médaille et que Chandler n'avait aucune envie de se rendre à Stockholm – même si, bien entendu, qui peut savoir ce qu'il aurait fait s'il avait réellement obtenu le prix Nobel ?

En somme, la valeur d'un prix diffère selon les écrivains. Selon leur point de vue, leur situation, leur façon de penser et de vivre. Impossible d'argumenter quand les choses sont si confuses. Je n'en dirai pas plus sur la question. Car la discussion ne peut être menée uniformément.

Voilà ce que je souhaitais dire ici, même si je ne crois pas que cela changera grand-chose.

4

À propos de l'originalité

Qu'est-ce que l'originalité ?

Il est très difficile de répondre à cette question. Dire d'une œuvre artistique qu'elle est « originale », qu'est-ce que cela signifie ? De quelle qualité a-t-elle besoin pour mériter cette appellation ? Plus on y réfléchit et plus ces questions deviennent complexes quand on les affronte directement.

Voici comment le neurologue Oliver Sacks, dans *Un anthropologue sur Mars*, définit la créativité : « La créativité, telle qu'on la conçoit d'habitude, implique non seulement un "quoi" mais aussi un "qui" – de puissantes caractéristiques individuelles, une identité solide, une sensibilité personnelle, un style particulier qui passent dans le talent et s'y fondent en lui donnant une consistance et une forme personnalisées. La créativité, en ce sens, suppose que l'on soit capable de faire œuvre originale, de se détacher des regards habituels qu'on porte sur les choses, de se mouvoir librement dans le royaume de l'imagination, de créer et de recréer pleinement des mondes dans son esprit – tout en surveillant chacune de ces opérations d'un œil critique. La créativité a donc quelque chose à voir avec la vie intérieure – avec la réceptivité aux idées nouvelles et aux sensations fortes[1]. »

La définition est très précise mais, en dépit de sa clarté, elle laisse subsister quelques interrogations.

Mettons de côté pour le moment définitions subtiles et théories, et prenons un exemple concret, afin d'appréhender la question un peu plus simplement.

Les Beatles. J'avais quinze ans lorsqu'ils sont apparus. Je crois que la première chanson d'eux que j'ai écoutée à la radio était *Please Please Me*, et j'en ai eu la chair de poule. Pourquoi ? Parce qu'il y avait là des sonorités que je n'avais jamais entendues. Tout simplement, j'ai trouvé cela génial. J'ai du mal à expliquer ce qu'il y avait là de si incroyable, mais c'était époustouflant. Environ un an plus tôt, j'avais ressenti une impression presque analogue en écoutant pour la première fois *Surfin' USA*, des Beach Boys, à la radio. « Ah, ça, c'est extraordinaire ! » « Complètement différent ! »

En y repensant aujourd'hui, je comprends que mon émotion était due à l'originalité exceptionnelle des Beatles et des Beach Boys. Ils émettaient des sons que personne n'avait produits jusqu'alors, ils faisaient de la musique comme personne jusque-là. Qui plus est, d'une qualité sans pareille. Et ils avaient quelque chose de tout à fait spécial. C'était tellement clair qu'un adolescent de quatorze ou quinze ans pouvait le saisir immédiatement, même en écoutant ces chansons sur un pauvre transistor. En somme, l'affaire était toute simple.

1. Oliver Sacks, *Un anthropologue sur Mars. Sept histoires paradoxales*, « La Couleur des idées », © Éditions du Seuil, 1996, pour la traduction française, « Points Essais », 2003.

Mais où résidait l'originalité de leur musique ? En quoi étaient-ils différents des autres musiciens ? Il me paraît extrêmement difficile de donner une réponse logique et argumentée à ces questions. Pour le jeune homme que j'étais, c'était une tâche impossible, et aujourd'hui encore, alors que je suis écrivain de métier, j'ai beaucoup de mal à le faire. Pour pouvoir fournir ce genre d'explication, il faudrait avoir les compétences d'un expert, mais, même avec cet éclairage théorique, le résultat ne serait peut-être pas très concluant. En fait, tout va bien plus vite quand on écoute leur musique. Écoutez-la, et vous comprendrez.

Comme il s'est toutefois écoulé plus d'un demi-siècle depuis l'entrée en scène des Beatles et des Beach Boys, il est sans doute difficile de se rendre compte aujourd'hui à quel point leur musique a bouleversé les auditeurs de ces années-là, par son caractère innovant et son intensité.

Mais on comprend bien pourquoi il était naturel que de nombreux musiciens ensuite aient subi l'influence de ces deux groupes : ils étaient devenus une valeur établie, ils avaient été assimilés par la société. C'est pour cette raison que, si un adolescent de quinze ans d'aujourd'hui écoute pour la première fois les Beatles ou les Beach Boys, et même s'il en est fortement impressionné, il y a peu de chances pour qu'il en soit ébranlé physiquement, de façon presque dramatique, et pour qu'il perçoive leurs sonorités comme radicalement nouvelles.

On pourrait dire la même chose du *Sacre du printemps*, de Stravinsky. Quand cette œuvre a été donnée à Paris en 1913, le public a été sourd à sa nouveauté et s'est livré alors à un chahut monumental, resté célèbre. Cette partition qui allait contre toutes les conventions avait stupéfié l'assistance. Mais, au fil des représentations, les réactions hostiles se sont calmées, et de nos jours *Le Sacre du printemps* est devenu extrêmement populaire. À tel point que l'on se demande avec perplexité pourquoi il a provoqué un tel scandale. Le choc ressenti à la première écoute n'était peut-être après tout qu'un effet des représentations mentales du public.

L'originalité se dilue-t-elle avec le temps ? Les choses sont à considérer au cas par cas. Très souvent, une fois que l'œuvre a été admise, qu'on s'y est habitué, elle perd sa force d'ébranlement originelle. Mais, en échange – avec un peu de chance, si elle est vraiment exceptionnelle –, elle se transforme en « classique » ou en « presque classique ». Et elle acquiert ainsi le respect d'un large auditoire. Autrement dit, elle change de statut. Quand le public d'aujourd'hui écoute *Le Sacre du printemps*, il n'y a ni tumulte ni stupeur, les auditeurs étant néanmoins capables de ressentir la fraîcheur intemporelle et la puissance de cette œuvre. Cette émotion est en somme une référence mentale des plus précieuses. Un repère essentiel auquel ceux qui aiment la musique se raccrochent, et qui, pour une part, sert de base à leurs jugements de valeur. Pour aller à l'extrême, disons que, entre ceux qui ont entendu *Le Sacre du printemps* et ceux qui ne l'ont pas entendu s'est instaurée une certaine différence dans la profondeur de leur compréhension musicale. Je ne saurais mesurer concrètement cette différence mais je suis en tout cas certain qu'elle existe.

En ce qui concerne Mahler, la situation n'est pas tout à fait la même. Ses compositions n'ont pas été appréciées à leur juste valeur par ses contemporains. Le grand public ainsi qu'un certain nombre de ses collègues ont jugé sa musique « désagréable, hideuse, sans structure, boursouflée ». Aujourd'hui, on estime que dans ses symphonies il a totalement transformé les formes existantes. À l'époque, la réception a été tout autre, y compris celle des musiciens eux-mêmes, qui ont vilipendé ses œuvres et ont traîné l'homme dans la boue. Si Mahler a connu une grande réussite sociale, c'est uniquement parce qu'il était un chef d'orchestre remarquable. Après sa mort, la plupart de ses compositions sont tombées dans l'oubli. Les orchestres rechignaient à mettre ses œuvres à leur programme, le public ne se montrait guère disposé à les écouter. Seuls ses élèves et les quelques rares personnes qui croyaient en lui ont continué à le jouer, afin de ne pas laisser le feu s'éteindre.

Dans les années 1960, la musique de Mahler a connu un renouveau spectaculaire, et aujourd'hui il est rare que ses œuvres ne soient pas programmées lors des événements musicaux d'importance. Les auditeurs écoutent avec grand plaisir ses symphonies. C'est une musique que l'on trouve exaltante, profondément émouvante. Car nous qui vivons aujourd'hui, nous sommes hors des modes de l'époque, ce qui nous a sans doute permis de percevoir l'originalité de Mahler. C'est le genre de chose qui arrive parfois. Même les merveilleuses sonates pour piano de Schubert n'ont presque pas été jouées de son vivant. C'est seulement à partir du milieu du XXe siècle qu'on les a interprétées avec ferveur.

La musique de Thelonious Monk témoigne elle aussi d'une originalité exceptionnelle. Aujourd'hui, nous avons si souvent écouté ses morceaux – du moins ceux d'entre nous qui s'intéressent au jazz – que la surprise n'est plus vraiment au rendez-vous. Il nous suffit d'entendre quelques mesures, et nous songeons simplement : « Ah, c'est du Monk. » Il est clair pour tous que son génie est absolument unique. De par leurs sonorités et leur structure, ses compositions sont complètement différentes de celles des autres jazzmen de son temps. Avec ses lignes mélodiques uniques, son style inimitable, il bouleverse le cœur de ses auditeurs. Longtemps, il n'a pas été correctement apprécié, mais peu à peu, grâce à l'appui farouche d'un petit nombre de passionnés, il a fini par être accepté. Et à présent notre système musical l'a clairement intégré, il en est devenu une part indispensable. En d'autres termes, il a acquis le statut de « classique ».

On peut dire la même chose à propos de la peinture et de la littérature. Les peintures de Van Gogh, celles de Picasso ont fait forte impression dès le début, mais quelquefois aussi suscité du rejet. Aujourd'hui, cependant, on est transporté à la vue de leurs œuvres et les réactions négatives sont très minoritaires. Pour la plupart, les spectateurs sont extrêmement émus, ou enthousiastes, ou encore apaisés. Ce qui ne signifie pas qu'avec le temps ces œuvres auraient perdu de leur originalité, mais au contraire que le public l'a assimilée, si bien qu'elles sont tout naturellement devenues des « références ».

De la même façon, les œuvres de Natsume Sōseki ou d'Ernest Hemingway sont aujourd'hui des classiques ou des références, même si, à leur époque, leur style a été très critiqué et même parfois moqué. Leur manière d'écrire a suscité chez un nombre relativement important de lecteurs (la plupart appartenant à l'élite culturelle de leur temps) de forts sentiments de malaise. Mais à présent leur style est la norme par excellence. Sans ces écrivains et ce qu'ils ont accompli, le roman japonais contemporain, et aussi bien le roman américain contemporain, serait écrit dans un style, je suppose, assez différent. En outre, chacun à sa façon, Sōseki comme Hemingway ont probablement façonné une part de la psyché des Japonais et des Américains.

Il est ainsi relativement facile de choisir des œuvres du passé, considérées alors comme « originales », et de les analyser d'un point de vue actuel. Dans la plupart des cas, celles qui n'avaient pas vocation à durer ont disparu, et, parmi celles qui ont survécu, on peut en sélectionner certaines et les évaluer en toute sécurité. Mais il est beaucoup plus difficile de réagir face à des formes d'expression originales contemporaines, d'apprécier avec justesse leur caractère innovant. Parce qu'il n'est pas rare qu'à la vue des contemporains celles-ci se présentent sous des aspects déplaisants, artificiels, irrationnels – parfois même séditieux. Ou simplement complètement idiots. En tout cas, bien souvent, ces œuvres suscitent de l'étonnement, et en même temps elles provoquent un choc et de l'hostilité. Nous sommes nombreux à détester d'instinct les choses que nous ne comprenons pas, mais pour les gens en place en particulier, qui baignent dans des formes complètement assimilées et qui ont fait leur chemin dans ces normes, l'inconnu est la source d'une véritable aversion. Parce que ces choses que l'on ne comprend pas peuvent aller jusqu'à détruire le socle de nos certitudes.

Ainsi, les Beatles ont certes connu une immense popularité auprès de la jeunesse, mais je pense qu'ils représentent un exemple particulier. Et il n'est pas vrai que leur musique a joui tout de suite d'une reconnaissance généralisée. Elle était considérée comme un produit populaire, purement passager, d'une valeur infiniment inférieure à la musique classique. Beaucoup de ceux qui appartenaient à l'establishment éprouvaient de l'aversion pour les Beatles et manifestaient leurs sentiments chaque fois qu'ils en avaient l'occasion. On a peine à le croire aujourd'hui, mais à l'époque c'étaient en particulier la coiffure et la façon de s'habiller des Beatles à leurs débuts qui étaient vues comme des provocations contre la société et comme un outrage à l'égard de leurs aînés. Il y a même eu, ici ou là, de zélés opposants qui ont cassé ou jeté leurs disques au feu. Ce n'est que beaucoup plus tard que le caractère novateur de leur musique a été largement reconnu et apprécié. À partir du moment où elle s'était transformée en « classique », plus rien ne pouvait l'ébranler.

Lorsque Bob Dylan, au milieu des années 1960, s'est détourné du genre des *protest folk songs* (il était en cela l'héritier de Woody Guthrie et de Pete Seeger), un style dans lequel on ne se servait que d'instruments acoustiques, et qu'il s'est mis à utiliser une guitare électrique, nombre de ses partisans de toujours l'ont traité de « transfuge » ou de « traître au service du mercantilisme ». Aujourd'hui, pourtant, y aurait-il quelqu'un pour lui adresser cette critique ? Car il suffit d'écouter ses morceaux par ordre chronologique pour comprendre qu'avec la force créatrice innovante qu'il possédait ce choix était absolument indispensable et naturel. Mais pour les fidèles de son temps (une partie en tout cas), qui voulaient enfermer son originalité dans la toute petite cage des *protest folk songs*, il n'était plus dès lors qu'un « traître » ou un « renégat ».

Les Beach Boys ont eux aussi connu une grande popularité. Mais leur leader, Brian Wilson, contraint de composer sans trêve de nouveaux morceaux, a souffert de troubles psychologiques et a dû cesser toute activité durant de longues périodes. Après son chef-d'œuvre « Pet Sounds », les morceaux plus complexes qu'il a composés ensuite, comme « Happy Surfin' Sound », n'ont généralement pas été bien accueillis. Sa musique était devenue trop compliquée, trop difficile à comprendre. À compter d'un certain moment, j'ai fait moi aussi partie de ceux à qui les albums du groupe ne disaient plus rien, et peu à peu je me suis éloigné d'eux. Pourtant, maintenant que je les écoute de nouveau, je reconnais le caractère extraordinairement neuf de leur musique, qu'autrefois, je l'avoue sincèrement, j'étais incapable d'apprécier. Quand elle est vivante et en mouvement, l'originalité est difficile à repérer.

Pour qu'un créateur puisse être qualifié d'« original », il doit, à mon avis, satisfaire à ces conditions fondamentales :

1) Il faut qu'il possède un style qui lui soit propre (sonorités, manière d'écrire, formes, couleurs), clairement différent des autres, et qui doit être perceptible immédiatement.
2) Il faut qu'il ait la faculté de retrouver de la nouveauté. De se développer avec le temps. De ne pas stagner. Il doit posséder en lui-même une force de renouvellement spontanée.
3) Il faut que ce style personnel devienne un standard avec le temps, qu'il soit intériorisé dans l'esprit du public, qu'il soit érigé pour partie en norme. Qu'il devienne une source d'inspiration pour les créateurs suivants.

Je ne veux pas dire, bien entendu, qu'il faut absolument satisfaire à l'ensemble de ces critères. Il y a sans aucun doute des cas où les conditions 1) et 3) seront pleinement remplies et où la 2) sera un peu lacunaire. Ou bien d'autres où les conditions 2) et 3) seront accomplies mais où la 1) ne le sera pas. Mais on a certainement affaire à une œuvre originale si elle répond *plus ou moins* à ces trois critères.

Afin de mieux me faire comprendre, j'ajouterai ceci :

Le facteur temps est très important pour 1) dans tous les cas, pour 2) et 3) dans une certaine mesure. Pour faire court, disons que l'originalité d'un créateur et de son œuvre ne peut être évaluée sans avoir reçu la confirmation du temps. Il arrive qu'on assiste à l'apparition d'un créateur, doué d'un style propre, qui attire sur lui l'attention générale. Mais que l'homme (ou la femme) en question vienne à disparaître soudain, ou qu'il (ou elle) se lasse, il sera difficile de savoir si il ou elle possédait vraiment de l'originalité. Innombrables sont les étoiles filantes.

J'ai rencontré bien souvent, en fait, ce genre de personnes, dans toutes sortes de domaines. On admire chez elles le nouveau, le neuf, l'original, et puis, tout à coup, il n'y a plus personne. Parfois, par hasard, on se souvient d'elles, fugitivement. Chez les créateurs de ce type, il y avait sans doute un manque de persévérance ou une force de renouvellement déficiente. Sans une certaine *quantité* de réalisations effectives, aucun créateur ne peut devenir l'objet d'une véritable considération. Si l'on ne dispose pas d'un certain nombre d'œuvres, à examiner sous différents angles, il est impossible de se faire une véritable idée de l'originalité d'un créateur.

Imaginons par exemple que Beethoven n'ait écrit tout au long de sa vie que la *Neuvième symphonie*.

Nous n'aurions alors pas une bonne représentation de l'homme en tant que compositeur. Il nous aurait été très difficile, à partir d'un matériau aussi limité, de déterminer quelle signification avait cet opus majeur et jusqu'où allait sa nouveauté. Mais comme nous disposons de toutes ses symphonies, de la première à la neuvième, nous sommes à même d'embrasser l'ensemble de ses compositions et de comprendre le caractère grandiose de la *Neuvième* et son originalité éclatante.

Comme sans doute tous les autres créateurs, moi aussi, je désire être l'auteur d'une « œuvre originale ». Mais ainsi que je l'ai dit précédemment, ce n'est pas à moi qu'il revient de décider si elle l'est. Et quand bien même je crierais à pleins poumons « Mes œuvres sont o-ri-gi-na-les ! » ou des critiques ou des médias le proclameraient sur tous les tons, ce ne seraient que paroles emportées par le vent. Le jugement selon lequel une œuvre est originale ou pas ne tient qu'à la responsabilité commune du passage du temps et de ses destinataires, autrement dit des lecteurs. Tout ce que vous pouvez faire, vous, en tant qu'écrivain, c'est laisser derrière vous, en y mettant toutes vos forces, un nombre important d'écrits. En somme, écrire une quantité de textes convaincants, significatifs, et par là même édifier une œuvre consistante.

Pour ma part, j'ai été aidé – ou *peut-être* aidé – par le fait que mes livres ont été éreintés par un grand nombre de critiques littéraires. Un plumitif célèbre m'a même traité une fois de « chasseur de dot ». Peut-être voulait-il suggérer par là que je cherchais à escroquer mes lecteurs avec des promesses vides de sens. Mais, comme la démarche d'un romancier s'apparente plus ou moins à celle d'un illusionniste, être qualifié d'« arnaqueur » est paradoxalement un compliment. Peut-être devrais-je après tout m'en réjouir. Pour être honnête, j'avoue que cela n'a rien d'agréable de voir ce genre de qualificatif imprimé et largement médiatisé. L'illusionniste pratique un métier honorable, mais le « chasseur de dot » est un escroc et j'estime que cette expression manque de la plus élémentaire décence. (Peut-être ne s'agit-il pas d'une question de décence mais d'un choix de mots malheureux.)

Il y a eu aussi, bien sûr, des commentateurs qui ont apprécié mes livres, mais leur nombre était réduit et leurs voix étaient faibles. Je crois que, dans le milieu littéraire, ceux qui hurlaient « non » à mes ouvrages l'emportaient à une écrasante majorité sur ceux qui me disaient « oui ». À l'époque, en supposant même que j'aie sauvé une mamie en train de se noyer dans un lac, je pense qu'on aurait pourtant continué à me dénigrer – enfin, je plaisante à moitié, ou peut-être pas. « C'est du pipeau ! » aurait-on dit, ou bien : « La grand-mère savait nager ! »

Au début, j'ai accepté d'assez bonne grâce les critiques. Comme je n'étais pas moi-même complètement convaincu par mes textes, je pensais : « S'ils le disent, c'est que cela doit être vrai. » Ou bien j'ai essayé de ne pas en tenir compte. Mais, alors que, de mon côté, j'écrivais avec davantage de confiance en moi, les jugements défavorables sur mes livres ne faiblissaient pas. À l'inverse, ils se faisaient plus virulents. Les vents contraires étaient si forts que la balle était *out* dès le service – pour traduire mon propos avec le vocabulaire du tennis.

En somme, ce que j'écrivais, et qu'importe que les textes aient été réussis ou non, procurait immanquablement à un nombre significatif de critiques un sentiment de dégoût. Bien entendu, ce n'est pas parce qu'une œuvre titille désagréablement les nerfs qu'elle acquiert pour autant le statut de création originale. Évidemment. Mais la plupart des critiques se contentaient de m'éreinter. Il s'agit peut-être pourtant d'une condition *sine qua non* pour que l'œuvre soit comprise comme originale. Chaque fois que j'ai été critiqué, je me suis efforcé de développer une réflexion constructive. « Il vaut mieux, ai-je pensé, susciter des réactions négatives virulentes qu'être loué avec de tièdes platitudes. »

« Il faut nager à contre-courant pour parvenir à la source, a écrit le poète polonais Zbigniew Herbert. Ce qui coule avec le flot, c'est seulement l'ordure. » Des mots qui vous redonnent courage.

Je n'aime pas beaucoup énoncer des généralités mais, pour une fois, et je vous demande de m'excuser, je prétends qu'au Japon il est sûr et certain que si l'on n'agit pas tout à fait normalement, si l'on se comporte différemment des autres, on attire sur soi un flot de réactions négatives. Le Japon (que ce soit un bien ou un mal) est un pays qui pose l'harmonie comme valeur suprême : on ne doit pas causer de troubles. Il y a aussi une tendance forte à centraliser la culture à l'extrême. En d'autres termes, les conditions structurelles inclinent à la rigidité, ce qui laisse le champ libre à l'autorité.

Après la Seconde Guerre mondiale, et durant une longue période, les écrivains et leurs importances respectives ont été soigneusement classifiés comme dans un système de coordonnées géographiques, entre « avant-gardistes » et « passéistes », « de gauche » ou « de droite », appartenant à la « grande littérature » ou au contraire à la « littérature populaire ». Les revues culturelles, publiées par les principales maisons d'édition (presque toutes concentrées à Tokyo), ont édicté ce que devait être la « littérature » et ont conforté leur classification en octroyant aux écrivains différents prix littéraires (en leur distribuant à tout va des appâts). Se « rebeller » contre un système aussi solidement établi n'était pas chose facile pour un homme seul. Et sortir de ce positionnement revenait à s'isoler de la scène littéraire (et par là même à renoncer à tous ses attraits).

Quand j'ai débuté comme romancier, en 1979, ce repérage cartographique était fermement institué. Et il s'exerçait avec toute la force des conventions. Combien de fois ai-je entendu, de la bouche des éditeurs, des réflexions comme « Ah non, ce genre de précédent n'existe pas ! » ou « Voici ce qui est dans nos usages ». Je m'étais imaginé jusque-là que l'écrivain jouissait d'une grande liberté, que dans le cadre de son activité il pouvait faire ce qu'il voulait, sans restriction, et ces déclarations m'ont beaucoup étonné. Que se passait-il donc ?

Moi qui, de tempérament, n'aime pas tellement les disputes ou les conflits (vraiment !), je n'avais pas conscience de m'opposer aux lois non écrites du milieu littéraire. Cependant, parce que j'avais une vision du monde résolument individualiste et parce qu'on n'a qu'une vie, à présent que j'étais non sans mal devenu romancier, j'étais en tout cas déterminé, dès le départ, à faire ce qui me semblait bon. Que le système perdure, très bien, mais moi j'irais de mon côté à ma guise. J'appartenais à la génération de la fin des années 1960, celle qui a traversé ce que l'on a appelé l'« époque de la contestation » ; il n'était pas question pour moi d'être « récupéré par le système ». Mais en même temps, ou plutôt, au préalable, ce que je désirais plus que tout, c'était être libre spirituellement, en tant que créateur – même si je ne l'étais que passagèrement, et d'un rang modeste. Je voulais écrire mes romans selon ma propre horloge et mon propre goût. Je considérais que c'était le minimum de liberté dont devait disposer un écrivain.

J'avais une idée précise, dès le début, du genre de roman que je voulais écrire. Mon écriture n'était pas encore au point, je le savais, mais en esprit je me représentais déjà ce que seraient plus tard mes romans, une fois que j'aurais acquis les compétences nécessaires. À mes yeux, l'image était toujours là, haut dans le ciel, elle brillait comme l'étoile Polaire. Parfois, il me suffisait de lever la tête. Je savais alors où je me trouvais et vers où je devais me diriger. Sans ce point fixe qui m'orientait sur le bon chemin, je me serais peut-être perdu dans une errance sans fin.

Ainsi, si je me réfère à mon expérience, j'ai d'abord eu besoin d'un point de départ pour trouver mon propre style narratif, pour pouvoir le développer. Il a donc été nécessaire que j'apprenne à me « réduire » plutôt qu'à m'« accroître ». Car, en fait, nous avons tendance à trop nous charger tout au long de notre vie. Trop d'informations, trop de bagages, trop de choix concernant des questions sans importance, et au moment où nous cherchons notre propre expression, il se produit souvent un crash dans tout ce fourbi, et nous nous retrouvons coincés avec un moteur qui a calé. Immobilisés. Si nous jetons à la poubelle tout ce dont nous n'avons pas besoin, une fois allégés du trop-plein d'informations, nous sommes à nouveau libres de penser.

Mais comment déterminer ce dont nous avons

absolument besoin, ce dont nous n'avons pas vraiment besoin et ce dont nous n'avons pas du tout besoin ?

Selon mon expérience, encore une fois, il s'agit là de quelque chose de très simple. Le critère essentiel qui doit guider votre choix est la réponse à cette question : « Est-ce que ce que vous faites vous apporte de la joie ? »

Si, alors que vous vous lancez dans une entreprise importante pour vous, vous ne ressentez ni joie spontanée, ni plaisir, ni frissons d'excitation, c'est que vous vous êtes sans doute trompé quelque part, qu'il y a quelque chose qui ne colle pas. Dans ce cas, vous devez revenir à votre point de départ et abandonner l'un après l'autre les éléments qui entravent votre joie, ou ceux qui sont artificiels.

Peut-être est-ce plus facile à dire qu'à faire.

Alors que j'avais reçu le prix *Gunzo* pour mon roman *Écoute le chant du vent*, un ancien camarade de lycée m'a rendu visite dans le bar que je tenais alors. « Si j'avais su qu'il suffisait de pondre un truc pareil, moi aussi je pourrais écrire », m'a-t-il déclaré avant de s'en aller. Ses paroles m'ont certes un peu vexé, mais en même temps je me suis dit qu'il n'avait pas tort. Tout le monde ou presque serait sans doute capable d'écrire quelque chose dans ce genre. Dans ce premier roman, je m'étais contenté de noter au fil de la plume ce qui me passait par la tête, en utilisant des mots simples. J'avais éliminé tous les termes complexes, les expressions élaborées, les figures de style élégantes. J'avais ainsi abouti à un texte extrêmement sec. Une remarque cependant : je ne crois pas que ce camarade ait ensuite jamais écrit de roman. Sans doute avait-il pensé qu'un roman à ce point raboté, c'était bien assez dans le monde, il n'avait pas besoin d'en écrire un à son tour. Il avait donc lâché l'affaire. Et fait preuve de discernement.

Pourtant, avec le recul, je pense que ce devait être au contraire assez difficile, pour un écrivain en herbe, de parvenir à un texte aussi dépouillé. Se débarrasser d'éléments inutiles, en soustraire d'autres, procéder à une simplification, à une réduction, cela ne s'était pas fait sans peine. Auparavant, je n'avais jamais pensé sérieusement à écrire un roman, et il est possible que ce manque d'intérêt initial m'ait avantagé et m'ait même facilité la tâche.

En tout cas, tel avait été mon point de départ. Un texte très resserré, pour ainsi dire bien aéré, au style narratif simple. Une ossature sur laquelle, peu à peu, avec le temps, je grefferais de la chair. J'étais dès lors prêt à bâtir des histoires plus complexes, plus amples, plus étoffées, en ajoutant différentes couches à la structure de base. Je pourrais envisager d'écrire des romans qui auraient davantage d'envergure. Comme je l'ai dit plus haut, j'avais déjà une idée générale du genre de roman que je voulais écrire ensuite. Mais le processus lui-même s'accomplirait de façon spontanée, et non pas avec une intention délibérée. Rétrospectivement, je me rends compte que ce processus a finalement bien fonctionné, sans qu'il y ait eu de plan précis au départ.

Si l'on peut parler d'originalité dans mes romans, sans doute est-ce à cause de la « liberté » qui s'y manifeste. Quand à vingt-neuf ans, sans prévenir, m'est venue l'idée soudaine d'écrire un roman, je l'ai fait. J'ai écrit mon premier roman. Je n'étais guidé par aucune ambition, et je ne subissais pas non plus de contrainte du type : « Un roman, c'est comme cela que ça doit s'écrire. » Je ne savais rien de la scène littéraire du moment, il n'y avait (par bonheur ou par malheur) aucun écrivain plus âgé que j'aurais particulièrement vénéré et qui aurait pu me servir de modèle. Je voulais juste écrire un roman qui refléterait mon moi intérieur d'alors. C'était tout. Comme cette impulsion était très forte, sans réfléchir aux conséquences, je me suis assis à ma table et, un peu à l'aveuglette, j'ai commencé à écrire. C'était totalement spontané. Tandis que j'écrivais, je me suis senti joyeux et envahi aussi par une vraie sensation de liberté.

Et je pense (ou plutôt, j'espère) que cette sensation de liberté, justement, est la base de mes romans. Elle est la force qui me fait avancer. Comme dans une voiture, le moteur. Il doit toujours y avoir, chez tous les créateurs, profusion de joie spontanée. Autrement dit, l'originalité n'est rien d'autre que le désir naturel de transmettre ce sentiment de liberté, cette joie sans limite, tels quels, à l'état brut si possible, de donner la forme juste à son impulsion en la partageant avec un public nombreux.

Cette impulsion purement intérieure peut alors trouver son accomplissement naturellement, spontanément, en découvrant sa forme et son style propres. Cela ne pourra jamais se faire de manière artificielle. Les esprits les plus brillants auront beau se creuser la tête, échafauder des plans, ce qu'ils auront élaboré ne sera pas bon, et même s'ils parviennent à une certaine réussite, cela ne tiendra pas dans la durée.

Comme une plante mal enracinée. S'il ne pleut pas suffisamment, elle perdra de sa vitalité, elle se fanera, se desséchera. Mais si la pluie est trop forte, elle sera arrachée de sa terre et emportée.

En fin de compte, et il ne s'agit là que de mon avis, mais si vous avez le désir de vous exprimer dans une œuvre libre, il serait peut-être bien que vous ayez une idée de ce que *vous ne voulez absolument pas faire*. Car lorsqu'on affronte directement la question inverse, « Qu'est-ce que je recherche ? », le problème, inévitablement, devient trop lourd. Et, dans la plupart des cas, plus une chose est lourde, plus la liberté s'éloigne et plus le jeu de jambes se fait laborieux. Quand on en est à ce stade, l'écriture perd de sa vigueur. Et un texte sans vigueur ne peut captiver le lecteur – ni l'écrivain lui-même, d'ailleurs.

En comparaison, la question « Qu'est-ce que je ne veux surtout pas faire ? » est légère comme un papillon, à l'image d'une liberté en suspension. Qu'on ouvre les mains, qu'on laisse s'envoler le papillon librement, et le texte aussi s'en trouvera aéré et vivifié. À bien y réfléchir, ceux qui ne cherchent pas spécialement à s'exprimer à titre personnel mènent en général une vie normale. *Cependant*, vous, vous désirez exprimer quelque chose. Et c'est dans ce contexte-là que nous verrons peut-être se dessiner, contre toute attente, votre être originel.

J'écris depuis plus de trente-cinq ans, mais je n'ai jamais expérimenté ce qu'en anglais on appelle *writer's block*, c'est-à-dire l'angoisse de la page blanche. Je n'ai jamais connu non plus l'impossibilité d'écrire ce que je désirais vraiment. On pourrait me croire doué d'un talent inépuisable, mais non, ce n'est pas du tout ce que je suggère. Les choses sont très simples : quand je n'ai pas envie de me lancer dans l'écriture d'un roman, ou quand je ne ressens pas le désir d'écrire, je n'écris pas. C'est uniquement quand j'en éprouve l'envie que je décide de m'y mettre. Sinon, je travaille à des traductions, de l'anglais vers le japonais. La traduction étant une tâche essentiellement technique, c'est quelque chose que je peux effectuer presque tous les jours, sans qu'il s'y mêle un désir d'expression personnelle. En même temps, traduire est un excellent apprentissage en vue de l'écriture. (Je crois que si je n'avais pas réalisé des traductions, j'aurais cherché à effectuer une tâche du même genre.) Par ailleurs, j'écris parfois des essais, quand l'humeur me vient. Et tout en accomplissant ainsi différents travaux, je me dis qu'après tout, même si je n'écrivais plus de romans, je n'en mourrais pas pour autant !

Et pourtant, lorsque je n'ai pas écrit depuis longtemps, l'envie me saisit d'entreprendre bientôt quelque chose de nouveau. Comme l'eau de la fonte des neiges qui s'est accumulée à un barrage, il s'est emmagasiné en moi du matériau qui a besoin de trouver son expression. Et un beau jour, je ne peux plus résister (c'est sans doute le meilleur des cas), je m'installe à ma table et je commence un nouveau roman. Je ne me lance jamais dans l'écriture alors que je n'en aurais pas envie, parce que j'aurais reçu commande d'un magazine, par exemple, que ce serait pour moi une obligation. Comme je ne fais pas ce genre de promesse, je n'ai pas de date limite. Et je n'ai pas non plus à souffrir de l'angoisse de la page blanche. Par conséquent, je peux dire que je suis dans un état d'esprit vraiment décontracté. Pour un écrivain, en effet, il n'y a rien de plus stressant que de devoir écrire alors qu'il n'en a pas envie. (Non ? Ou suis-je une exception ?)

Je reviens à présent à la question de l'originalité. Ce mot fait surgir en moi une image. Je me revois, adolescent, assis dans ma chambre devant mon petit transistor, quand j'écoutais pour la première fois *Surfin' USA*, des Beach Boys, et *Please Please Me*, des Beatles. J'ai le cœur qui bat à cent à l'heure. Je pense, c'est une musique géniale. Jamais je n'ai entendu des sons pareils. Et cette musique ouvre une fenêtre dans mon âme, par laquelle s'engouffre un souffle complètement nouveau, jamais perçu jusqu'alors. Ce souffle neuf va de pair avec une exaltation heureuse, totalement spontanée. C'est comme si je flottais à plusieurs centimètres au-dessus du sol, libéré des diverses contraintes de la réalité. Telle est pour moi la forme que doit avoir l'« originalité ». C'est très simple.

Le 2 février 2014, on pouvait lire dans le *New York Times*, à propos des débuts des Beatles : « *They produced a sound that was fresh, energetic and unmistakably their own* » (« Ils ont fait entendre un son nouveau, plein d'énergie, qui leur appartenait en propre »).

Cette phrase très simple est une bonne définition de l'originalité. Elle permet de comprendre au mieux ce qu'est cette notion. Voici ce qui est important : « nouveau », « plein d'énergie », « qui (vous) appartient en propre ».

L'originalité est difficile à définir mais il est possible de décrire l'état psychologique qu'elle provoque, de le reproduire. J'espère être capable, avec mes écrits, de toujours susciter en moi-même un tel état. Parce que, je ne sais pourquoi, mais c'est un sentiment extraordinaire. Un peu comme si advenait un nouveau jour au sein de l'aujourd'hui. Voilà, un sentiment d'une fraîcheur étonnante.

Et j'espère aussi que les lecteurs de mes livres pourront goûter à cette même fraîcheur. Qu'une fenêtre s'ouvrira dans leur cœur, par laquelle pénétrera un air neuf. C'est ce à quoi je pense constamment en écrivant mes romans, ce que je souhaite. Sans aucune théorie, le plus simplement du monde.

5

Écrire... mais quoi ?

Que dois-je faire pour devenir romancier ? Est-il possible de s'entraîner, d'apprendre ? Les jeunes gens avec qui je discute me posent souvent ce genre de question. Et cela se passe à peu près de la même façon dans le monde entier. Beaucoup nourrissent l'espoir de « devenir écrivains » et de « s'exprimer ». Mais il n'est pas simple du tout de répondre à ces questions. En tout cas, pour moi. Bien souvent, je reste perplexe, embarrassé.

Je ne sais pas très bien moi-même comment je suis devenu romancier, je dois l'avouer. Ce n'est pas comme si j'avais décidé, très jeune, d'être un jour écrivain, que j'avais pour cela étudié spécialement, répété des gammes ou des exercices spécifiques et que je m'étais ainsi préparé, étape après étape, à faire de l'écriture mon métier. Non, ma vie s'est plutôt déroulée en fonction de différents événements qui se sont enchaînés un peu par la force des choses. Il y a eu aussi une part de chance non négligeable. Rétrospectivement, c'en est presque effrayant, oui, mais au fond il devait sans doute en aller ainsi.

Pourtant, quand des jeunes gens, l'air grave, me demandent « Comment pensez-vous qu'il faut s'entraîner pour devenir romancier ? », je ne peux tout de même pas me contenter de leur lancer : « Franchement, je n'en sais rien. Tout dépend de votre énergie et des circonstances. Il faut aussi beaucoup de chance. C'est affreux, mais c'est comme ça. » Ce serait incongru. J'ai donc décidé de me pencher sérieusement sur la question.

Pour tout aspirant romancier, il est fondamental de lire beaucoup. Pardon si ces mots vous paraissent banals, mais pour qui ambitionne d'écrire des romans, lire est à mon sens l'exercice le plus précieux, celui dont on ne peut se passer. Pour être capable d'en écrire, il faut absolument comprendre et ressentir par l'exemple comment est bâti un roman. C'est quelque chose d'à peu près aussi évident que de dire : « Pour faire une omelette, il faut d'abord casser des œufs. »

C'est surtout durant sa jeunesse qu'il est indispensable de lire le plus de livres possible. Qu'ils soient excellents, pas vraiment bons ou totalement sans intérêt n'a strictement aucune importance, du moment que l'on dévore tout imprimé qui vous tombe sous la main. Que l'on est pénétré par toutes sortes d'histoires. Que l'on côtoie des textes remarquables, et d'autres qui le sont parfois un peu moins. Voilà le plus important. L'exigence essentielle pour un romancier. Et vous devez persévérer tant que vos yeux vous le permettent et tant que vous en avez le loisir. Faire des tentatives pour écrire est certes important aussi, mais, à mon avis, vous aurez bien le temps de vous y mettre plus tard.

Ensuite – et sans doute également avant la phase de l'écriture proprement dite –, il serait bon que vous vous entraîniez à observer attentivement les choses et les phénomènes. Les hommes et les femmes de votre entourage, les événements qui surviennent dans votre environnement, quels qu'ils soient, soumettez-les à un examen scrupuleux. Et réfléchissez-y longuement. Mais « réfléchir longuement » ne signifie pas que vous devez porter ensuite un jugement expéditif sur la valeur des choses, ou décider de la justesse ou non des événements. Mieux vaut s'efforcer de retarder la conclusion aussi longtemps que possible. L'important n'est pas de décréter une opinion définitive mais de garder en tête, comme une sorte de matière première, les choses telles qu'elles sont, sous une forme claire et vivante.

Certains analysent en un tour de main, de façon péremptoire, leurs semblables et ce qui se passe autour d'eux et, de la sorte, aboutissent en un rien de temps à des conclusions sans appel. Mais, selon moi, ces gens ne sont pas vraiment faits pour être romanciers. Plutôt critiques ou journalistes peut-être. Ou encore universitaires ou chercheurs. Ceux qui ont des dispositions pour devenir romanciers, même s'ils sont parvenus en eux-mêmes à un jugement, se disent qu'ils ont peut-être fait preuve d'arbitraire, se refrènent et reconsidèrent la question : « On ne peut pas décider aussi simplement. Il faudrait au préalable intégrer d'autres facteurs, et l'histoire alors adopterait un tournant à 180 degrés. »

Il semble bien que j'appartienne à cette catégorie d'individus.

Mon cerveau ne fonctionne pas aussi vite – c'est sans doute la raison – mais j'ai aussi fait à différentes reprises l'amère expérience de tirer des conclusions hâtives, puis, en y repensant ensuite, j'ai compris qu'elles n'étaient pas justes (ou qu'elles étaient imprécises ou insuffisantes). Cela m'a plongé dans une gêne terrible, j'en ai eu des sueurs froides, j'ai emprunté mille et un détours inutiles. Du coup, j'ai décidé de m'habituer peu à peu à ne tirer aucune conclusion expéditive et à prendre autant de temps qu'il le faudrait pour réfléchir. Plus qu'un penchant naturel, il semble bien que ce soit chez moi quelque chose d'acquis à la suite d'expériences douloureuses.

C'est pourquoi, quand un événement se produit, je ne m'empresse pas de mettre mon cerveau en mouvement pour en tirer des conclusions immédiates. Je m'efforce plutôt de garder en mémoire, aussi vivants que possible, les scènes auxquelles j'ai assisté, les gens que j'ai rencontrés ou les phénomènes que j'ai expérimentés, de les considérer comme des « cas », ou, pour ainsi dire, des « spécimens ». Quelques jours plus tard, une fois que j'ai pris un certain recul et que j'ai suffisamment de temps, je peux alors les examiner à fond, sous divers angles, et si nécessaire aboutir à une conclusion adéquate.

L'expérience nous enseigne d'ailleurs que la nécessité de se ranger à une solution définitive est bien plus rare qu'on ne le pense. À tel point que je m'interroge. Que les sujets qui nous occupent concernent le court ou le long terme, est-il *vraiment* indispensable de tirer une conclusion ? Et chaque fois que je lis un article dans un journal ou que j'écoute des informations à la télévision, je reste ébahi par la rapidité avec laquelle des jugements sont énoncés.

Dans le monde d'aujourd'hui, ne cherche-t-on pas à émettre trop vite des avis manichéens ? Bien entendu, on ne peut pas, sur toute chose, remettre à plus tard les décisions. Il y a sans doute un certain nombre de situations pour lesquelles il faut trancher d'emblée. Pour donner des exemples extrêmes : doit-on ou non se lancer dans une guerre ? Devra-t-on ou non mettre en service demain une centrale nucléaire ? Naturellement, dans des cas de ce genre, il faut se déterminer très vite, sous peine de voir le pire advenir. Mais il n'est tout de même pas si fréquent que nous soyons ainsi acculés. Le temps qui s'écoule entre la collecte des informations et l'énoncé de la conclusion a tendance à se raccourcir toujours plus, et, si chacun se met à commenter les nouvelles ou à se prendre pour un critique, on court le risque de se retrouver dans un monde froid et inhospitalier. Ou très dangereux. Dans les enquêtes d'opinion, il y a une case à cocher : « Je ne sais pas. » J'ai toujours pensé qu'il vaudrait mieux l'intituler : « Je ne sais pas *pour l'instant.* »

Le monde est ce qu'il est, mais pour quiconque aspire à devenir écrivain, il est impératif, selon moi, qu'il ne se hâte pas de tirer une conclusion, qu'il absorbe tel quel le matériau dont il dispose et qu'il en fasse provision. Qu'il laisse travailler ces données brutes accumulées en lui. Si je dis « tel quel » à propos du matériau à intérioriser, je sais bien cependant qu'il est impossible que la mémoire le conserve ainsi. Car, en fin de compte, nos capacités à nous souvenir ne sont pas illimitées. Un minimum de traitement des données est par conséquent nécessaire.

Ce que nous retenons volontiers, en général, ce sont des détails intéressants (sur certaines personnes, sur certains événements). Comme il est très difficile de se souvenir exactement d'une chose dans son ensemble (on l'a peut-être mémorisée et oubliée ensuite), nous sélectionnons quelques détails concrets, particuliers, et nous nous attachons à les conserver mentalement sous une forme aisée à se rappeler. C'est ce que j'entends par « un minimum de traitement des données ».

De quels détails s'agit-il ? De ceux qui sont curieux,

étonnants, ou qui suscitent beaucoup d'intérêt. Ou, mieux encore, de détails concernant des choses difficiles à expliquer. Lorsqu'elles sont contraires à la raison, lorsque la logique est prise en défaut, lorsque vous restez perplexe, lorsqu'il y a du mystère, cela n'en est que plus attrayant. Ces choses-là, je les collecte, je leur colle une étiquette (avec la date, le lieu, les circonstances) et je les conserve dans ma tête. En quelque sorte, je les dépose au fond d'un tiroir mental. Bien sûr, je pourrais utiliser un carnet pour les noter, mais je préfère les garder dans ma tête. C'est ennuyeux de se déplacer toujours avec un carnet sur soi, et il n'est pas si rare justement d'oublier une chose que l'on a écrite. Une fois que tout ce matériau est entreposé dans notre tête, disparaît ce qui doit disparaître, reste ce qui doit rester. Je préfère cette sorte de sélection naturelle qui s'opère dans mes souvenirs.

Voici une histoire qui me plaît beaucoup. Un jour que le poète Paul Valéry s'entretenait avec Albert Einstein, il l'interrogea pour savoir s'il emportait avec lui un carnet afin de noter ses idées. Celui-ci, habituellement posé, parut alors extrêmement surpris. « Non, je n'en ai pas besoin, répondit-il. Il est tellement rare que j'aie des idées ! »

Et en effet, en y réfléchissant, il ne m'est presque jamais arrivé de regretter de ne pas avoir de carnet sur moi. Car une fois que vous l'avez bien en tête, ce qui est important ne s'oublie pas si facilement.

Quand on écrit un roman, il est très utile d'avoir une riche collection de détails concrets. Selon mon expérience, des jugements lapidaires, brillants, associés à une conclusion pleine de logique ne servent pas à grand-chose. Ils peuvent plutôt constituer un frein et entraver le flux naturel de l'histoire. Mais si, selon les besoins du roman, on réussit à insérer toutes sortes de détails, conservés en vrac dans ses archives internes, le récit latent qu'ils recèlent pourra se dérouler ensuite avec une charge étonnante de naturel et de vie.

Bon, et par exemple, quels détails ?

Ah… justement je n'en ai pas qui me vienne à l'esprit tout de suite… Mais si, tenez : vous connaissez quelqu'un qui éternue sans raison dès qu'il est en colère. Et qui ne peut plus s'arrêter de le faire. Je ne connais pas moi-même d'individu de ce genre, mais supposons que vous en connaissiez un. Une approche possible serait bien sûr d'analyser, d'un point de vue physiologique ou psychologique, pour quelle raison cet homme est pris d'éternuements quand il est en colère, et d'émettre des hypothèses. Mais ce n'est pas de cette manière que j'envisage la situation. En général, je me contente de m'étonner sans m'interroger sur les causes du fait en question. J'admets que dans le monde ces phénomènes-là existent. Et tels quels, en bloc, je les transfère dans mes souvenirs. Au fond de mon tiroir mental, j'ai ainsi une étonnante collection de souvenirs de ce type, totalement extravagants.

James Joyce a déclaré, avec un certain laconisme : « L'imagination, c'est la mémoire. » Je pense qu'il a raison. Je suis d'avis en effet que l'imagination est faite d'une combinaison de souvenirs fragmentés, disparates. Cela pourra paraître contradictoire dans les termes, mais parler de « souvenirs sans lien, efficacement assemblés », c'est faire preuve d'une vraie intuition, d'une prescience. C'est ce qui deviendra forcément le moteur de l'histoire.

Notre tête – du moins la mienne – abrite un stock important de ce type de matériau. Chaque tiroir est bourré de toutes sortes de souvenirs faisant office d'informations. Il y a des grands tiroirs. Des petits aussi. Et certains munis de poches secrètes. Quand j'écris, je les ouvre selon mes besoins, j'en sors le matériau voulu et je m'en sers pour une partie de mon roman. Le nombre de ces tiroirs est gigantesque mais, lorsque je suis concentré sur un texte, se dessine quasi automatiquement dans mon cerveau l'image de ce que renferme tel ou tel tiroir, et en un clin d'œil, inconsciemment, je trouve ce que je recherche. D'habitude, les souvenirs oubliés reviennent prestement à la vie, d'une façon naturelle. Quand mon esprit parvient à cet état de liberté et d'abandon, je me sens extrêmement bien. L'imagination s'est éloignée de ma volonté, elle se déplace maintenant librement, elle a acquis des formes et des volumes. Ces informations engrangées dans mes archives intérieures sont évidemment des biens irremplaçables, une immense fortune pour le romancier que je suis.

Dans une scène de *Kafka*, le film réalisé en 1991 par Steven Soderbergh, Franz Kafka, interprété par Jeremy Irons, se faufile dans un château effrayant (bien entendu inspiré par *Le Château*). On y découvre un meuble muni d'innombrables tiroirs. Je me souviens d'avoir pensé, en voyant ce film, qu'ils reflétaient parfaitement la structure de mon cerveau. C'est un film extrêmement intéressant et, si vous en avez l'occasion, regardez bien cette scène. Ce qui se trouve dans les profondeurs de ma tête n'est sans doute pas aussi terrifiant mais, fondamentalement, cela y ressemble.

Je n'écris pas seulement des romans, mais parfois aussi des essais. J'ai cependant décidé, quand je travaillais à un roman, de ne rien écrire d'autre en même temps sans raison impérative. En effet, lorsque je suis occupé à rédiger un essai, j'ouvre le tiroir qui répond à mes besoins et j'utilise le matériel stocké à l'intérieur comme source d'information. Mais il peut alors m'arriver d'utiliser des données que j'aurais préféré mettre dans mon roman. Par exemple, j'aurais pu me servir de l'homme qui éternue pour une chronique dans un hebdomadaire. Bien entendu, utiliser les mêmes données dans un essai et dans un roman n'est pas un problème, mais, lorsqu'on le fait, le roman en paraît bizarrement amoindri, comme étiolé. Le roman ne supporte pas le « coup d'essai », comme au base-ball. On joue – autrement dit, on écrit – « pour de bon ». Pour cette raison, durant tout le temps d'écriture d'un roman, l'usage de l'ensemble de mes tiroirs lui est réservé. Cela me paraît préférable. Comme on ne sait jamais quand on aura besoin de telle ou telle donnée, il vaut mieux se montrer économe avec ses stocks. C'est ce que m'ont enseigné mes longues années de pratique.

Lorsque j'ai terminé un roman, je peux par exemple rédiger un essai, car les tiroirs restés fermés regorgent de matériel inexploité disponible (de l'excédent, en somme), dont je peux disposer librement. Si j'ose dire, l'essai est cependant pour moi un article secondaire en quelque sorte, à l'image d'une fabrique de bière qui produirait aussi des canettes de thé oolong. Les données vraiment appétissantes, je les garde pour mon roman suivant, autrement dit mon activité principale. Tout ce matériau accumulé fait jaillir en moi le désir instinctif d'écrire un nouveau roman. Raison pour laquelle il me faut soigneusement préserver mes stocks.

Je vais à présent évoquer un autre film. Dans *E.T.*, de Steven Spielberg, il y a une scène où l'on voit E.T. farfouiller dans un débarras plein de bric-à-brac et, à l'aide de ce qu'il déniche, parvenir à construire un appareil de communication improvisé. Vous vous en souvenez ? Il y a un parapluie, une lampe sur pied, de la vaisselle, un tourne-disque… J'ai vu le film il y a longtemps et je ne me rappelle plus tous les détails. En tout cas, avec ces objets disparates, il bricole rapidement une sorte de radio. « Improvisé » n'est peut-être pas le terme exact, car il s'agit d'un véritable appareil de communication, avec lequel il va pouvoir être relié à sa planète d'origine, à des milliers d'années-lumière. Cette scène m'a beaucoup impressionné. Quand je l'ai vue, je me suis dit que, pour que mes romans soient réussis, il faudrait que j'utilise justement cette façon de faire. En soi, ce n'est pas la nature du matériau qui est importante. Le plus précieux de tout, c'est la *magie*[1]. Avec des matériaux simples, de tous les jours, avec des mots courants, candides, on peut obtenir des constructions étonnamment sophistiquées, pour peu qu'on y mêle la *magie*.

De toute façon, il est indispensable que chacun dispose de son propre « débarras ». Quel que soit le degré de magie que nous y ajoutons, il est impossible de produire une œuvre à partir de rien. E.T., lui, a pu utiliser tout un stock de vieilleries remisées. Il les lui fallait.

Quand j'ai décidé de me lancer dans l'écriture d'un roman, j'ignorais tout à fait sur quoi j'écrirais. À la différence de la génération de mes parents et de celle de mes grands-parents, je n'avais connu ni la guerre ni les troubles de l'après-guerre ou la faim. Je n'avais pris part à aucune révolution (tout au plus à une similirévolution, mais ce n'était pas un sujet sur lequel j'aurais voulu m'étendre). Je n'avais pas non

1. En anglais phonétique dans le texte.

plus le moindre souvenir d'une quelconque maltraitance. J'ai grandi dans une petite ville résidentielle de banlieue, relativement paisible, au sein d'une famille plutôt ordinaire. Nous n'étions pas vraiment insatisfaits, nous vivions dans une relative aisance, et, si je n'étais pas particulièrement heureux, je n'étais pas non plus particulièrement malheureux (ce qui veut dire sans doute que j'étais raisonnablement heureux). Ma jeunesse a été ordinaire, sans caractère particulier. Mes résultats scolaires n'étaient ni exceptionnels ni franchement mauvais. Autour de moi, je ne voyais rien dont j'aurais pu dire : « C'est là-dessus que tu dois absolument écrire ! » Non pas parce que je n'avais aucun désir d'écrire, mais parce que je n'avais à ma disposition rien de très solide, sur quoi j'aurais eu envie de le faire. C'est la raison pour laquelle je suis arrivé à l'âge de vingt-neuf ans sans que me soit venue l'idée d'écrire un roman. Car je n'avais pas le talent d'écrire sans matériau. Les romans, pour moi, c'étaient seulement ceux que je lisais. Et j'en lisais énormément sans pour autant imaginer pouvoir en écrire un moi-même.

Il me semble bien que la situation est à peu près similaire pour la jeune génération. Et peut-être même, en comparaison de l'époque de ma jeunesse, y a-t-il aujourd'hui encore moins de sujets sur lesquels un aspirant écrivain se doit de s'exprimer. Mais alors, que faire ?

Je crois qu'il faut en revenir à la « méthode E.T. ». Ouvrir le débarras, farfouiller dedans et rassembler son contenu – même si l'on n'y découvre que des vieilleries pas très présentables –, puis se mettre au travail, courageusement et hop ! actionner la magie. Nous ne disposons pas d'autre moyen pour établir la communication avec d'autres planètes. Nous devons nous débrouiller avec ce bric-à-brac. En cas de réussite, cependant, s'ouvriront à vous d'immenses possibilités. Car la chose merveilleuse est que vous pouvez *vous servir de la magie.* (Si vous écrivez un roman, cela signifie que vous pourrez être en contact avec les habitants d'autres planètes. Oui, vraiment !)

Lorsque j'ai voulu écrire mon premier roman, *Écoute le chant du vent*, j'ai fortement ressenti le fait que je n'avais *rien sur quoi écrire.* Je devais partir de cette constatation et m'en servir justement comme d'une arme pour poursuivre mon travail d'écriture. Je n'avais aucun autre moyen de m'opposer à la génération d'écrivains précédente. Il fallait bien que je bâtisse une histoire vaille que vaille, à la fortune du pot.

À cette fin, j'ai eu besoin de mots nouveaux, d'un style différent. Autrement dit, d'un « véhicule » dont les écrivains ne s'étaient pas servis jusque-là. L'écrivain qui ne traite (ou ne peut traiter) ni de guerre, ni de révolution, ni de famine, ni de problèmes d'une gravité comparable se tournera fatalement vers des questions plus légères. Et pour ce faire, il aura désespérément besoin d'un véhicule léger, capable de manœuvres fougueuses.

Après plusieurs tentatives infructueuses (j'en ai parlé dans le chapitre 2), j'ai enfin réussi à façonner un style japonais dont l'emploi m'a paru acceptable. Il était encore imparfait, encore provisoire, et il montrait ici ou là des faiblesses, mais c'était sans doute inévitable pour un tout premier roman. Ces défauts, je devrais certainement les corriger peu à peu, plus tard – à supposer qu'il y ait un « plus tard ».

J'ai surtout pris soin de « ne pas expliquer ». En revanche, j'ai jeté librement dans ce roman, comme dans un récipient, toutes sortes de fragments d'épisodes, d'images, de scènes, de propos que j'ai associés en leur donnant des formes et des volumes. Cette combinaison devait s'effectuer sans aucun rapport avec la logique ordinaire ou le parler littéraire. Tel était le dessein fondamental.

Pour mener à bien cette tâche, la musique a été particulièrement utile. J'ai fait mon texte comme on fait de la musique. Le jazz, en particulier, a joué un grand rôle. Comme vous le savez, dans le jazz, c'est le rythme le plus important. Du début à la fin, il faut conserver un rythme précis et solide. Sinon, le public s'endort. Ensuite viennent les accords. Ou, en d'autres termes, l'harmonie. Les beaux accords, et aussi ceux qui sont troubles, hétérodoxes. Les accords de Bud Powell, de Thelonious Monk, de Bill Evans ou de Herbie Hancock. Tous les accords possibles. Bien que tous les musiciens jouent sur les mêmes quatre-vingt-huit touches du clavier, les accords sonnent différemment selon chaque interprète, à un point étonnant. L'indication est précieuse. Même si nous ne disposons pour bâtir notre histoire que d'un matériau limité, les possibilités qui nous sont offertes sont néanmoins illimitées – ou presque illimitées. Dira-t-on que plus jamais ne seront créés de nouveaux morceaux, sous prétexte qu'il n'y a que quatre-vingt-huit touches sur un clavier ?

Et enfin il y a la libre improvisation, à savoir l'essence même du jazz. Au cours d'une improvisation, par-delà le rythme et les accords (ou la structure harmonique), les sons se dévident en toute liberté.

Je ne joue d'aucun instrument. Du moins, pas suffisamment bien pour avoir envie qu'on m'écoute. Et pourtant il y a en moi le vif désir de faire de la musique. Voilà pourquoi, dès mes débuts, j'ai voulu écrire des textes comme on joue de la musique. Et j'ai conservé jusqu'à aujourd'hui cette même aspiration. Tout en pianotant sur mon clavier d'ordinateur, je suis toujours à la recherche du bon rythme, de la tournure qui sonne bien et des justes tonalités. C'est pour mon style un facteur important, qui n'a jamais varié.

Je sais (par expérience personnelle) combien il est difficile de mettre le moteur en marche quand on n'a « rien sur quoi écrire ». Mais, une fois que le « véhicule » est capable de déployer sa force motrice et qu'il se met à avancer, cela devient bien plus facile. Car, après tout, « n'avoir rien sur quoi écrire », cela signifie en d'autres termes : « pouvoir écrire librement sur ce que l'on veut ». Même si le matériau dont vous disposez est léger et si sa quantité est limitée, tant que vous êtes expert en magie pour combiner au mieux les données, mille et une histoires pourront naître. Si vous maîtrisez cette tâche et que vous ne perdez pas votre saine ambition, vous serez capable de construire une œuvre « puissante, profonde » qui vous étonnera vous-même.

En comparaison, les écrivains qui commencent leur carrière en ayant en main un matériau lourd et riche (pas tous, certes, mais quelques-uns) auront tendance, à partir d'un certain point, à « être vaincus par le poids ». Par exemple, beaucoup d'auteurs qui, à leurs débuts, ont décrit leurs expériences de la guerre se retrouvent parfois bloqués après plusieurs ouvrages sur la même thématique exposée sous des angles différents. Et ils s'interrogent : « Qu'est-ce que je vais bien pouvoir écrire ensuite ? » Bien sûr, certains parviennent à opérer un tournant décisif, à découvrir un nouveau motif et à connaître une nouvelle réussite littéraire.

Malheureusement, d'autres n'arrivent pas à bifurquer et, peu à peu, voient se perdre leur expressivité.

Ernest Hemingway fait sans aucun doute partie des écrivains les plus influents du XXe siècle, mais l'on a généralement considéré que ses premières œuvres étaient les meilleures. Moi aussi, ce sont ses deux premiers romans, *Le soleil se lève aussi* et *L'Adieu aux armes*, ainsi que les nouvelles de ses débuts, publiées sous le titre *Les Aventures de Nick Adams*, que je préfère. Ce sont des textes animés par une vigueur fantastique, stupéfiante. Même si ses ouvrages suivants restent intéressants, leur potentiel romanesque n'est pas totalement réalisé, et leur style ne semble plus posséder la fraîcheur des débuts. Alors, je me demande si Hemingway n'est pas le type d'écrivain qui puise avant tout son énergie créatrice dans son matériau de base. C'est peut-être pour cette raison qu'il s'est engagé dans plusieurs guerres (la Première Guerre mondiale, la guerre d'Espagne, la Seconde Guerre mondiale) et que toute sa vie il a participé à des safaris en Afrique, à des tournois de pêche, sans oublier sa passion pour la tauromachie. Il avait certainement besoin en permanence de ces stimuli extérieurs. Sa vie a fini par se transformer en légende, mais à mesure que l'homme vieillissait, le dynamisme à la base de ses expériences s'est peu à peu affaibli. Ce qui explique peut-être pourquoi – mais seul Hemingway lui-même le sait –, alors qu'il avait reçu le prix Nobel de littérature (1954) mais qu'il avait sombré dans l'alcoolisme, il s'est suicidé en 1961, au sommet de sa gloire.

Il y a au contraire des écrivains qui sortent leurs histoires du plus profond d'eux-mêmes, sans compter sur la richesse d'un contexte extérieur. Comparée à celle des romanciers de type Hemingway, leur condition est sans doute plus simple. Les événements qui se sont produits dans leur environnement, les scènes du quotidien, les rencontres de la vie ordinaire, tout cela se transforme en matériaux intériorisés, que l'imagination créatrice brasse, façonne et retravaille pour en faire des histoires qui leur sont propres. Ils disposent pour ainsi dire d'une « énergie naturellement renouvelable ». Ils n'ont nul besoin d'aller à la guerre, d'assister à des corridas, d'aller chasser les guépards ou les jaguars.

Afin d'éviter tout malentendu, je précise ma pensée. Je ne veux pas du tout dire que la guerre, les corridas ou la chasse seraient dépourvues de sens. Bien entendu, elles en ont. Ce sont des expériences très importantes pour un écrivain. Je crois seulement qu'il n'est pas nécessaire de vivre ce genre d'aventure pour être à même d'écrire des romans. Le cas échéant, un homme pourra déployer une force étonnante à partir d'une expérience minime.

« Le bois coule, la pierre flotte. » Au sens classique, ce dicton signifie qu'il peut très bien se produire des événements auxquels on ne s'attend pas. Mais, dans le monde de la littérature – ou plutôt, dans le monde artistique –, ces phénomènes à contresens arrivent en fait très souvent. Des choses considérées en général comme très légères acquièrent avec le temps un poids non négligeable, et celles que l'on jugeait importantes, voilà qu'un jour elles ont perdu de leur valeur, qu'elles se sont sclérosées. L'énergie qui œuvre de façon invisible pour alimenter la créativité donne souvent lieu, quand elle se conjugue au temps, à des renversements drastiques de ce genre.

Alors, à vous qui pensez « Je n'ai pas le matériau nécessaire pour pouvoir écrire un roman », je dis de ne pas vous décourager. Modifiez votre point de vue, changez votre approche, et vous vous apercevrez sûrement que votre environnement en regorge. Le matériau est là, en attente de susciter votre attention, d'être appréhendé, d'être utilisé. Si insignifiantes que semblent au premier regard les actions des hommes, elles devraient pourtant peu à peu éveiller votre intérêt. Le plus important, ou le secret – je me répète –, est de ne pas perdre votre « saine ambition ».

C'est quelque chose que je persiste à croire depuis toujours, mais je suis persuadé qu'il n'existe aucune différence entre les générations. Il n'y en a pas une qui soit supérieure à l'autre, pas une inférieure à l'autre. On entend souvent ce genre de stéréotype sur de prétendus conflits de générations, mais je considère pour ma part qu'il s'agit là d'une théorie vide de sens. Il n'y a pas plus de différences entre les générations qu'il n'y a de haut et de bas. Bien entendu, les tendances, les inclinations varient d'une génération à l'autre. Mais rien ne les distingue dans leur masse. Ou, du moins, les écarts entre elles ne sont pas problématiques.

Prenons un exemple concret. La jeune génération japonaise est peut-être moins bonne pour lire et écrire les idéogrammes que l'ancienne (en réalité, je n'en sais trop rien). Mais elle est sans aucun doute bien meilleure pour ce qui est de comprendre et de mettre en œuvre le langage informatique. Voilà ce que je veux dire. Chaque génération a son domaine d'excellence et aussi ses points faibles. C'est tout. Chaque génération doit s'exprimer en mettant librement au premier plan son « domaine d'excellence ». Son outil doit être la langue qu'elle maîtrise, celle qu'elle manipule sans peine, et elle doit traiter avant tout les questions qu'elle discerne clairement. Les complexes d'infériorité ou de supériorité d'une génération sur l'autre n'ont pas lieu d'être.

Quand j'ai commencé à écrire, j'ai souvent fait l'objet de critiques sévères de la part de la génération précédente : « On ne peut pas dire qu'il s'agisse de littérature ! » ou bien « Ce n'est pas un vrai roman ! ». Cela m'a pesé (et même m'a déprimé). Alors, je suis parti vivre à l'étranger. Là, j'ai pu écrire tranquillement, en paix, ce qui me plaisait. Et durant tout ce temps, je n'ai pas pensé un seul instant que ce que j'écrivais ne valait rien, et je n'ai pas non plus éprouvé d'angoisse particulière. Je revendiquais mes positions sans complexe. « C'est comme ça que je peux écrire, et pas autrement. » Je savais que mes textes n'étaient pas tout à fait accomplis, mais j'espérais qu'à l'avenir je parviendrais à quelque chose de plus achevé. Et puis, c'était une époque de grands changements, et j'étais sûr qu'un jour il y aurait la preuve que ce que je faisais n'était pas mauvais. Une pensée, je le reconnais, plutôt insolente.

Mais, quand je regarde autour de moi aujourd'hui, je ne sais toujours pas si la preuve a effectivement été fournie. En matière de littérature, il faut bien avouer qu'on ne peut sans doute jamais rien prouver. Et ce n'est pas une question de temps. Quoi qu'il en soit, la conviction de ne pas faire fausse route (je l'avais il y a trente-cinq ans, je l'ai toujours) demeure. Dans les trente-cinq ans à venir, il est fort possible que les circonstances soient différentes, mais il me sera alors difficile, en raison de mon âge, de le vérifier dans le détail. J'espère que quelqu'un le fera à ma place.

Ce que j'aimerais souligner ici, c'est que chaque nouvelle génération possède son propre matériau romanesque dont elle évalue à rebours les formes et le poids. C'est ainsi que seront établies les formes et les fonctions du véhicule qui servira à transmettre ce matériau. Et c'est de cette corrélation, de cette jonction entre le matériau et le véhicule, que naîtra la réalité romanesque.

Il y a une réalité spécifique à chaque époque et à chaque génération. Mais les romanciers, eux, devront toujours soigneusement rassembler et mettre en réserve le matériau dont ils ont besoin pour raconter leurs histoires. C'est là une tâche extrêmement importante. Et je pense que, quelle que soit l'époque, cela ne changera pas.

Alors, si vous aspirez à écrire un roman, regardez autour de vous avec le plus d'attention possible. Telle est ma conclusion aujourd'hui. Le monde peut paraître ennuyeux mais, en réalité, il est plein de pierres précieuses brutes, fascinantes et énigmatiques. Les écrivains possèdent un œil particulier qui leur permet de découvrir ces merveilles. Et ce qu'il y a de fantastique, c'est qu'elles ne coûtent rien. Si vous avez un regard acéré, ces joyaux, vous pourrez en choisir autant que vous le souhaiterez, en récolter autant que vous le voudrez.

Il n'y a pas de plus beau métier, vous ne croyez pas ?

6

Faire du temps son allié

Voici maintenant plus de trente-cinq ans que je suis romancier à plein temps. Durant toutes ces années, j'ai cherché à écrire dans des styles différents, dans des formats différents. Des romans très longs, qui nécessitaient plusieurs volumes (par exemple *1Q84*), d'autres très courts (par exemple *Le Passage de la nuit*), des nouvelles et des textes très brefs, qu'on appelle aussi « nouvelles qui tiennent au creux de la main ». S'il s'était agi d'une flotte de guerre, j'aurais disposé de toutes les catégories de vaisseaux, des cuirassés, croiseurs et contre-torpilleurs aux sous-marins. (Il n'y a bien entendu dans mes romans pas la moindre visée agressive.) Chacun de ces bateaux a ses fonctions propres, chacun joue son rôle. Et ils sont tous positionnés de façon à se compléter l'un l'autre.

C'est mon humeur du moment qui me dicte la longueur que prendra le texte. Je me fie totalement à mon sentiment pour cette espèce de rotation, sans qu'il y ait de système régulier, laissant ainsi les choses se faire de façon naturelle. Je choisis le format (roman ? nouvelles ?) en toute liberté, et ce choix repose entièrement sur le désir qui m'habite alors. Je réagis aux élans de mon cœur, je leur obéis sans hésitation. Et si le temps est venu pour moi d'écrire des nouvelles, je me concentre sur cette tâche, sans me disperser ailleurs.

Mais je me considère fondamentalement (ou plutôt, une fois pour toutes) comme un auteur de romans. Je me plais aussi à écrire des nouvelles, plus ou moins longues, et quand je suis plongé dans ce travail, je le fais avec passion. J'éprouve de l'attachement pour ces textes-là mais mon champ de bataille principal est le roman. C'est là, je pense, que se manifeste le plus clairement – et, sans doute, sous la forme la plus réussie – ma spécificité d'écrivain et le ton qui m'est propre. (Certains ne partagent pas cette opinion, mais je n'ai pas du tout l'intention de les contredire.) Comme je suis essentiellement un coureur de fond, j'ai besoin d'un certain temps et d'une certaine distance pour pouvoir appréhender les divers éléments dans leur totalité, de manière tangible. Quand je veux faire ce que j'aime vraiment, il me faut, pour prendre l'image d'un avion, une longue piste.

La nouvelle est un véhicule nerveux, très maniable, parfaitement adapté pour rendre les détails que le roman peine à saisir. Elle me permet de mener des expériences hardies sur le plan stylistique comme dans l'intrigue elle-même. Seul son format court offre la possibilité de traiter un certain type de matériau. Je peux aisément aussi (quand tout se passe bien) rendre sensibles, par des images, différents aspects enfouis en moi, un peu comme si j'attrapais des ombres impalpables à l'aide d'un filet au maillage serré. Par ailleurs, une nouvelle ne me demande que peu de temps. Si j'ai de la chance, il peut m'arriver d'en terminer une en quelques jours, sans trop d'efforts. À certaines périodes, j'ai vraiment besoin de cette forme souple et légère. Pourtant, et cette déclaration « sous condition » ne vaut que pour moi-même, la nouvelle ne m'offre pas l'espace dans lequel je peux mettre tout ce que je porte en moi, tout ce que je veux donner, elle ne me permet pas de m'immerger totalement, au point d'en être exténué.

Sans doute ai-je besoin d'un vaste espace, dont je me servirai librement, sans restriction, quand je veux écrire un roman qui aura à mes yeux beaucoup de sens, ou, en d'autres termes, quand je veux me lancer dans une « histoire totale qui pourra peut-être me changer moi-même ». Je dois d'abord être assuré que l'énergie accumulée en moi sera suffisante pour emplir cet espace, et c'est seulement alors que j'ouvre les vannes, si je puis dire, et que je commence ma longue marche. La satisfaction que j'éprouve dans ces moments-là est sans équivalent. C'est une émotion tout à fait particulière, que je ne ressens que pendant l'écriture d'un roman.

Considéré ainsi, le roman est pour moi une artère vitale, et les nouvelles, longues ou courtes, ne sont, pour le dire sans ménagement, qu'un exercice préparatoire, ou encore une étape efficace qui précède le roman. Une course sur piste de 5 000 ou 10 000 mètres, c'est également une performance, dans une certaine mesure, mais finalement ce n'est que le premier jalon pour celui qui se lance dans un marathon.

J'aimerais donc parler à présent du travail d'écriture des romans longs. Grâce à des exemples concrets, je voudrais expliquer comment je procède. Bien entendu, il y a toutes sortes de romans, et de même que leur contenu est différent, la manière dont ils sont écrits, le lieu où le travail s'est accompli, le temps qu'il a fallu pour les composer, tout les différencie. Et pourtant, la marche à suivre ou ce qui ressemble à des règles semblent à peu près immuables dans les grandes lignes. C'est mon impression en tout cas. Et pour ma part je pourrais même nommer ce travail *business as usual*. C'est le fait d'être installé dans un schéma bien défini et de m'appuyer sur un cycle bien ordonné – vie/travail – qui me donne, du moins en partie, la possibilité d'écrire un roman long. Comme il s'agit d'une tâche de longue haleine, qui nécessite une quantité d'énergie peu ordinaire, je dois d'abord affermir ma position. Sinon, je risque malheureusement d'être vaincu en cours de route.

Avant de m'atteler à l'écriture d'un gros roman, je commence par mettre de l'ordre (métaphoriquement parlant) sur mon bureau. Car mon principe est de ne rien écrire d'autre tant que je suis occupé par ce texte. Si j'ai commencé à rédiger une série d'articles, je les laisse en plan. Je refuse également tout travail inopiné. Quand je me consacre sérieusement à quelque chose, par tempérament, je suis incapable de me démultiplier. Il m'arrive néanmoins de continuer à travailler, à un rythme tranquille, sur des traductions pour lesquelles je n'ai pas de date limite de remise. Mais c'est surtout pour me changer les idées et pas dans une visée matérielle. La traduction étant un travail essentiellement technique, la partie du cerveau sollicitée n'est pas la même que pour l'écriture d'un roman. Cela ne pèse donc pas sur ma tâche principale. Mener de pair ces deux entreprises, un peu comme l'étirement des muscles, me permet de garder mon cerveau en équilibre, et je trouve même cela profitable.

Certains de mes collègues diront peut-être que j'en parle à mon aise, que c'est bien beau de refuser des propositions de travail. Comment faire pour subvenir à ses besoins quand on écrit un roman au long cours ? Je leur répondrai que je ne parle ici que du système qui me convient. On peut essayer d'obtenir une avance de son éditeur, mais au Japon cela ne se fait guère, et il peut arriver qu'on n'ait pas de quoi vivre durant le temps de l'écriture. Dans mon cas, pour gagner ma vie à l'époque où mes livres ne se vendaient pas beaucoup, j'ai mené de front diverses activités (en général physiques), sans aucun rapport avec la chose écrite. J'ai toujours refusé les demandes qui avaient un lien avec l'écriture. À l'exception de quelques moments, au début de ma carrière (avant d'avoir fixé mon style, j'ai commis plusieurs erreurs), je m'en tiens au principe suivant : quand j'écris un roman, je ne fais rien d'autre.

Depuis un certain temps, j'écris souvent mes romans à l'étranger, car lorsque je vis au Japon je suis toujours pris par mille tâches (et il y a aussi trop d'interférences). À l'étranger, je peux me concentrer sur ce que j'écris, sans être obligé de penser à des choses inutiles. J'ai préféré m'éloigner du Japon en particulier à l'époque où j'ai commencé à écrire – une période très importante pour moi, car c'est à ce moment-là que j'ai mis au point le mode de vie qui m'a permis d'écrire mes romans. J'ai quitté le Japon pour la première fois dans la seconde moitié des années 1980, mais je me sentais alors très hésitant. J'ignorais complètement si je pourrais arriver à vivre de ma plume, ce qui m'angoissait terriblement. Pour moi qui suis plutôt casse-cou, décider de brûler tous les ponts, c'était tout de même un sacré pari. J'avais quelques commandes de récits de voyage et j'avais réussi à obtenir une petite avance de l'éditeur (le livre a été ensuite intitulé *Tambours lointains*), mais pour l'essentiel nous avons vécu sur nos économies.

Dans mon cas, il semble que la décision audacieuse de me mettre en quête de nouvelles possibilités ait été fructueuse. En effet, mon roman *La Ballade de l'impossible*, que j'ai achevé durant notre séjour en Europe, s'est très bien vendu (contre toute attente). Notre existence en a été stabilisée, et j'ai pu asseoir une sorte de système individuel pour être en mesure, au moins provisoirement, de continuer à écrire des romans. En ce sens, j'ai eu de la chance. Ce que je vais dire paraîtra peut-être orgueilleux mais je crois cependant que la chance n'explique pas tout. Ma détermination et ma témérité ont aussi joué leur rôle.

Je me suis fixé une règle, lorsque je travaille à un roman, c'est d'écrire dix pages manuscrites par jour. (Une page japonaise standard contient 400 signes.) Ce qui correspond environ à deux pages et demie de l'écran de mon Mac, mais j'ai gardé l'ancienne habitude de compter par pages de 400 signes. Et même si j'ai envie de continuer, au bout de dix pages, je m'arrête. Si un jour au contraire il me manque une page, je m'oblige à poursuivre pour arriver au total convenu. Car, lorsqu'on se lance dans un très long travail, la régularité est essentielle. Si l'on écrit seulement quand on est en plein élan et qu'on fait une pause chaque fois que l'on est en panne, il n'y a pas de régularité. Voilà pourquoi, comme si je présentais une carte de pointage, je remplis précisément mes dix pages par jour.

Certains objecteront peut-être qu'un artiste ne travaille pas ainsi. Ne dirait-on pas un ouvrier dans une usine ? Eh non, en effet, ce n'est sans doute pas la manière de faire d'un artiste. Mais pourquoi un écrivain devrait-il obligatoirement être un artiste ? Qui l'a décrété ? Personne. Chaque romancier écrit de la façon qui lui convient. Et si l'un d'entre eux pense « Ça ne me dit rien d'être un artiste », c'est sa manière à lui de se sentir bien. Avant d'être des artistes, les romanciers doivent être des hommes libres. Et voici comment je définis un homme libre : c'est celui qui fait ce qu'il veut, et qui le fait quand et comme il le veut. Plutôt que de jouer à l'artiste, engoncé dans son costume de cérémonie face au public, n'est-il pas préférable d'être un homme complètement ordinaire, mais libre ?

Karen Blixen disait qu'elle écrivait « un peu chaque jour, sans espoir, sans désespoir ». Et comme elle, moi aussi, c'est ainsi que je remplis mes dix feuilles quotidiennes. Avec détachement. « Sans espoir, sans désespoir » me semble être une formulation particulièrement juste. Chaque matin, je me lève tôt, je me prépare du café et je reste penché sur mon bureau durant quatre ou cinq heures. Dix pages par jour, soit trois cents pages par mois. Et, si je sais compter, mille huit cents pages en six mois. Pour prendre un exemple concret : la première mouture de mon roman *Kafka sur le rivage* faisait justement mille huit cents pages. J'ai écrit ce texte en grande partie sur la côte nord de l'île de Kauai, dans l'archipel de Hawaii. C'est un endroit où il n'y a rien, et comme en outre il pleuvait beaucoup, mon travail a pu avancer sans problème. J'ai commencé en avril, j'ai terminé en octobre. Je m'en souviens très bien parce que la rédaction des premières pages a coïncidé avec le début des matchs de base-ball au Japon et la fin du roman avec le début du championnat de séries. Cette année-là, les Yakult Swallows ont gagné. Moi qui depuis des années étais un fan des Swallows, je me rappelle bien comme j'étais heureux qu'ils remportent le titre au moment où j'achevais mon roman.

Mon seul regret était de ne pas avoir pu me rendre au stade Jingu pour assister aux matchs.

Mais, à la différence du base-ball, quand la première mouture d'un roman est achevée, commence alors un autre « match ». C'est là que débute, si je puis dire, la partie gratifiante, la partie la plus savoureuse.

Une fois le premier jet achevé, je fais d'abord une petite pause (en général, je me repose pendant une semaine), puis j'entame les retouches. Je reprends le manuscrit depuis le début et je le « gratte », j'essaie d'en effacer les aspérités. Telle est ma manière de faire. Les rectifications que j'apporte sont importantes, nombreuses. Car quelles que soient la longueur du roman et la complexité de sa structure, je commence toujours par laisser filer une histoire sans établir de plan, au petit bonheur la chance, sans savoir comment elle va se développer et se terminer, de manière improvisée, selon ce qui me vient à l'esprit. Écrire ainsi est tout à fait plaisant. Mais cette façon de procéder a aussi pour résultat d'engendrer de nombreux points contradictoires et des passages illogiques. Il arrive que les attitudes et les caractères des personnages aient brusquement changé en cours de route. Quelquefois aussi la chronologie. Je dois donc rectifier chaque passage incohérent, l'un après l'autre, et redonner de la logique à l'histoire. Je rabote franchement certaines parties, j'en fais gonfler d'autres et j'ajoute ici ou là de nouveaux épisodes.

Lorsque j'écrivais les *Chroniques de l'oiseau à ressort*, j'ai même supprimé totalement certains chapitres parce que j'ai jugé qu'ils ne convenaient pas à l'image d'ensemble. Ce matériau m'a servi de base pour un autre roman : *Au sud de la frontière, à l'ouest du soleil*. Mais il s'agit là d'un exemple extrême. En général, je ne réutilise pas les parties supprimées, elles disparaissent tout simplement.

Cette réécriture me prend un mois ou deux. Je m'accorde de nouveau une semaine de pause avant de me lancer dans une deuxième série de retouches. Là encore, je reprends l'ensemble depuis le début. Mais cette fois je m'attache surtout aux détails, que je rectifie soigneusement. Par exemple, je soigne les descriptions de paysage avec plus de minutie, je retravaille les dialogues. Je vérifie si certaines scènes se déroulent correctement par rapport à la logique, j'allège les passages qui semblent difficiles à comprendre à la première lecture. Je veille à ce que l'histoire coule plus naturellement, sans à-coups. Ce ne sont pas de grosses interventions, mais une succession de toutes petites retouches, minutieuses. Une fois cette tâche achevée, je m'interromps un peu avant d'entamer un nouvel examen. Je procède alors à des amendements. À ce stade, il est important de vérifier où, dans le développement du roman, il faut serrer les vis, et au contraire où il faut un peu les relâcher.

Comme un roman est somme toute une « longue histoire », le lecteur risque d'étouffer là où les boulons sont trop serrés. Il est essentiel d'aérer parfois le texte pour laisser le lecteur respirer. De trouver un juste équilibre entre l'ensemble et les détails. Et, à partir de ce point de vue, d'effectuer un réglage fin. Il arrive quelquefois qu'un critique sélectionne un passage dans un gros roman et s'indigne que l'on puisse écrire de manière aussi « lâche ». Je ne trouve pas ce reproche équitable. Parce qu'on a besoin dans un roman aussi – exactement comme dans la vie – de moments d'abandon. C'est seulement de cette façon que les passages bien tenus font leur effet.

Une fois arrivé là, je me permets une nouvelle pause, plus longue. J'enferme le manuscrit dans un tiroir, durant quinze jours ou un mois, et je l'oublie. Ou, du moins, je tente de l'oublier. J'en profite pour voyager ou pour me mettre à une traduction. Quand on écrit un long roman, il va de soi que le temps passé à ce travail est important, mais celui durant lequel on ne fait rien l'est tout autant. C'est ainsi que dans une usine, au cours de certains processus de fabrication, ou bien sur un chantier de construction, il y a une phase où on « laisse prendre » la matière. On dit qu'on « laisse reposer » les produits ou les matériaux. De la sorte, ils peuvent être correctement ventilés ou durcir en profondeur. Pour le roman, c'est la même chose. Si l'on se dispense de cette mise en suspens, on aboutit à un produit fragile, qui n'est qu'à moitié séché et dont la composition est impropre.

Après cette période de vacances, je procède de nouveau à une relecture exhaustive de chacune des parties du texte. Grâce au recul, l'impression que me donne le roman est bien différente de celle que j'avais précédemment. Des défauts que je n'avais pas vus jusque-là me sautent à présent aux yeux. Je peux juger si le texte possède de la profondeur ou non. Car mon cerveau, comme le roman, a bénéficié de cette cure de repos.

La phase « en suspens » à peine achevée, je réalise donc une nouvelle réécriture. L'opinion d'une tierce personne a alors une grande importance. Ma femme est la première à qui je fais lire le texte, dès qu'il a acquis une forme acceptable. J'opère toujours ainsi. Son avis est pour moi, pour emprunter un terme musical, le *la* du diapason. Ou encore (pardon pour la comparaison) comme les anciens haut-parleurs que nous avons à la maison. J'écoute toutes sortes de musiques avec ces haut-parleurs. Ils ne sont pas d'une qualité exceptionnelle. Ils font partie d'un ensemble JBL que nous avons acheté dans les années 1970, ils sont très gros, et en comparaison des tout derniers modèles le rendu du son est limité. Et l'on ne peut pas dire que les réglages audio soient très sensibles. Autrement dit, c'est une espèce d'antiquité. Mais, comme jusqu'ici j'ai tout écouté à travers eux, les sons qu'ils offrent sont devenus pour moi le critère musical par excellence. Je m'y suis donc habitué.

Ce que je vais dire à présent va peut-être en irriter certains mais les éditeurs, au Japon en tout cas, même s'ils sont très professionnels, ne sont après tout que des salariés. Ils appartiennent à telle ou telle maison et ils peuvent très bien être remplacés. Bien sûr, il y a des exceptions, mais, après avoir été désignés par leur supérieur comme responsables d'un auteur, la plupart d'entre eux ne peuvent prévoir jusqu'à quand cette relation se poursuivra.

Ma femme, elle, pour le meilleur ou pour le pire, ne sera jamais remplacée. Elle est pour moi un point fixe. Elle peut me délivrer des observations solides et stables. Nous vivons ensemble depuis si longtemps qu'elle est capable de comprendre *à peu près* toutes les nuances des impressions que j'ai voulu donner, ou les connotations qu'évoque tel terme. (Je dis *à peu près*, parce qu'au fond elle ne peut tout comprendre.)

Mais cela ne signifie pas pour autant que j'accepte telles quelles les remarques qu'elle pourra m'adresser. Même si pas mal de temps a passé depuis que j'ai terminé mon roman, et même si la cure de repos m'a quelque peu calmé, le sang me monte vigoureusement à la tête quand on me critique. Les émotions me submergent.

Nous avons alors une âpre discussion. Si mon interlocuteur était un éditeur, je ne pourrais certainement pas lui lancer au visage des mots si durs, et c'est sans doute là l'avantage de parler avec un proche. Dans la vie, je ne suis en général pas très émotif, mais à cette étape de mon travail il m'est tout simplement impossible de refréner mes sentiments. Il faut qu'ils s'extériorisent.

Il m'arrive de me dire que ses critiques sont peut-être justes, qu'elles pourraient bien être fondées. Mais plusieurs jours doivent s'écouler avant que je sois capable d'en arriver là. Parfois, pourtant, je persiste à penser que j'ai raison. J'ai en tout cas adopté comme une règle personnelle le fait qu'elle soit la « tierce personne » du processus de réécriture. Si elle chicane sur tel passage, je me dis que je dois le retravailler. Même si ses remarques ne me convainquent pas, je reprends totalement la partie incriminée. Quand je ne suis pas d'accord avec ses observations, il peut m'arriver aussi de réécrire un certain nombre de lignes en allant à l'opposé de ses conseils. Mais en relisant les passages que je me suis appliqué à retravailler, peu importe dans quel sens, je constate qu'ils sont le plus souvent devenus meilleurs. On dirait bien que lorsque ma femme m'a fait des objections sur tel ou tel point, dans un sens ou dans un autre, c'est qu'il y a un problème. Autrement dit, que quelque chose *bloque* le courant de la narration. Mon travail est alors d'éliminer cet obstacle. C'est moi, en tant qu'écrivain, qui dois décider de la manière de m'y prendre. Même si je me dis « Ce que j'ai écrit est parfait. Il n'y a aucune raison de le corriger », je m'assois sagement à mon bureau et j'entreprends une réécriture. Parce qu'il est en réalité impossible de parvenir à un texte parfait.

À ce stade, il n'est plus nécessaire que je revoie

l'ensemble depuis le début. Je me concentre uniquement sur les parties qui posent problème ou sur celles qui ont été critiquées. Puis, une fois que je les ai retouchées, je demande à ma femme de les relire, j'en discute avec elle et je me remets à l'ouvrage si nécessaire. Elle les relit, et si elle n'en est pas tout à fait satisfaite je remets mon ouvrage sur le métier. Quand j'estime que tout va à peu près bien, je refais une lecture exhaustive pour m'assurer de la fluidité de l'ensemble du texte et je procède aux derniers ajustements. Si toutes ces manipulations ont troublé la tonalité générale, je tente de corriger ces déséquilibres. Et c'est seulement alors que l'éditeur reçoit officiellement mon manuscrit pour une première lecture. Je suis enfin prêt à faire face à sa réaction, je suis détendu et impartial, parce que mon cerveau en surchauffe s'est quelque peu rafraîchi.

À la fin des années 1980, alors que j'écrivais mon roman *Danse, danse, danse,* il m'est arrivé quelque chose d'amusant. J'utilisais pour la première fois un ordinateur portable Fuji avec un traitement de texte. Le travail s'était effectué presque entièrement dans notre appartement à Rome, mais pour la dernière partie nous avions déménagé à Londres, et c'est là que je l'ai terminé. J'avais sauvegardé le manuscrit sur une disquette que j'avais emportée à Londres. Mais quand j'ai ouvert l'ordinateur, un chapitre entier avait disparu. À cette époque, je n'étais pas habitué au traitement de texte, et j'avais exécuté une mauvaise manœuvre. Le genre d'incident fréquent. Bien entendu, j'étais absolument catastrophé, le choc était énorme. Le chapitre était long et je me flattais de l'avoir bien réussi. Je ne pouvais pas simplement me résigner et dire : « Ce sont des choses qui arrivent. »

Il n'était cependant pas question de rester là à soupirer et à secouer la tête. Je me suis ressaisi, et, en plongeant dans ma mémoire, j'ai réussi à reconstituer le texte qui m'avait demandé tant d'efforts acharnés plusieurs semaines auparavant. « Oui… ce devait être à peu près ça… » Le roman était ressuscité. Mais, après sa publication, voilà que le texte porté disparu a soudain refait son apparition. Il s'était égaré dans un dossier où il n'aurait jamais dû être placé. Le genre de chose qui arrive aussi. Je me suis interrogé, inquiet : « Que faire si cette version originale est meilleure ? » Mais après relecture je me suis aperçu que la nouvelle mouture était sans conteste bien plus satisfaisante.

Ce que je veux dire par cette anecdote, c'est que, quel que soit le texte, il y a nécessairement des améliorations à lui apporter. Alors même que l'on en est soi-même enchanté, qu'on le juge « parfait », il existe toujours des possibilités de le perfectionner. Je m'efforce donc, au stade de la réécriture, de bannir résolument toute fierté et toute complaisance envers moi-même et de modérer autant que possible la fièvre de mon cerveau. Il faut toutefois bien prendre garde à ne pas trop éteindre le feu, car la révision sinon ne serait d'aucun effet. Et ensuite adopter une attitude qui permette de supporter la critique extérieure. Il faut savoir aussi encaisser stoïquement les commentaires désagréables. Après la publication du livre, au contraire, il sera toujours loisible d'écarter les critiques de la façon qui vous plaira. Car si vous prenez les choses trop à cœur, croyez-moi, vous risquez d'être démoli. En revanche, durant le temps de l'écriture, il faut accepter modestement les remarques ou les suggestions de votre entourage avec l'esprit le plus ouvert possible. C'est ce que je professe depuis toujours.

Je travaille comme romancier depuis déjà longtemps, et si je suis honnête, parmi les éditeurs en charge de mes livres, certains n'étaient pas en phase avec moi. C'étaient des hommes charmants, et ils étaient peut-être de bon conseil d'un point de vue éditorial pour d'autres auteurs, mais ils n'avaient pas vraiment d'affinités avec mes textes. Leurs opinions me surprenaient souvent et parfois, je l'avoue, me portaient sur les nerfs. Ou me mettaient en colère. Mais nous nous sommes débrouillés pour travailler ensemble au mieux.

Il m'est arrivé, une fois, de réécrire tous les passages qu'un éditeur « pas en phase » avait critiqués. Sauf que, pour la grande majorité, je les ai corrigés à l'inverse de ses conseils. Par exemple, là où il m'avait dit « Ce serait bien d'allonger », j'avais raccourci, et là où il m'avait suggéré de raccourcir, j'avais allongé. Rétrospectivement, c'était plutôt violent, mais il en est résulté un texte meilleur. J'avais réussi, je crois, à le bonifier. Cela peut sembler paradoxal mais cet éditeur m'a été somme toute *utile*. Ou, du moins, j'estime qu'il m'a davantage aidé que ceux qui m'ont couvert de fleurs.

L'important, c'est le processus de réécriture en soi. Le fait qu'un écrivain décide de retoucher son texte pour le rendre meilleur, qu'il s'installe à sa table, qu'il se remette au travail, voilà à mon avis l'attitude la plus intéressante. La question de l'orientation que devra prendre la révision est en comparaison secondaire. La plupart du temps, parce qu'ils découlent de sa décision et non de la logique, son instinct et son intuition seront à la source de son efficience. C'est comme si on frappait un buisson avec un bâton pour faire s'envoler les oiseaux qui se cachent dedans. Le résultat ne sera pas très différent selon le type de bâton qu'on utilise ou la manière dont on frappe le buisson. Ce qui compte, c'est que les oiseaux s'envolent. Le dynamisme induit par leurs mouvements fait vaciller le cadre de mon champ visuel qui cherche à rester stable. Telle est mon opinion. Un peu violente, peut-être.

Quoi qu'il en soit, il faut consacrer le plus de temps possible à l'étape de la réécriture, écouter les avis de son entourage (qu'ils nous agacent ou pas), bien les garder en tête et s'en servir pour se remettre au travail. Ces suggestions sont précieuses. Presque tous les écrivains qui viennent de terminer un roman ont le sang qui leur monte à la tête, le cerveau en ébullition, au point d'en perdre la raison. Si l'on cherche à comprendre cet état de choses, on doit sans doute tenir compte du fait que les individus doués de raison n'écrivent pas de romans. Et si un petit coup de folie n'est pas en soi problématique, il faut avoir conscience qu'on est soi-même, à un certain degré, le sujet d'une crise d'égarement. Il est donc très important que les êtres un peu détraqués écoutent les sages.

Il ne s'agit pas, évidemment, de gober telles quelles les opinions des autres. Vous entendrez sans doute des points de vue erronés et inutiles. Mais quels qu'ils soient, ils ont une *certaine* signification du moment qu'ils sont raisonnables. Et ils devraient peu à peu rafraîchir votre tête et lui faire atteindre une température convenable. Car ces opinions, ce sont celles du public. Le public qui en fin de compte lit vos livres. Si vous méprisez le public, il y a de fortes chances qu'il vous le rende bien. Vous pouvez naturellement déclarer : « Cela m'est bien égal ! » Eh bien, dans ce cas, à moi aussi. Seulement, si vous espérez avoir avec votre public une relation quelque peu correcte et solide dans la durée (et c'est ce que souhaitent la plupart des écrivains), assurez-vous d'avoir dans votre entourage un ou deux

« points fixes » : des personnes de confiance à qui vous confierez la première lecture de vos livres. C'est très important. Ce doivent être bien sûr des lecteurs honnêtes qui vous livreront franchement leurs impressions. Même si la moindre critique vous donne un coup de sang.

Combien de fois faut-il réécrire ? Je ne peux le dire précisément. Pour ma part, je procède à de très nombreuses réécritures, à tous les stades, y compris sur les épreuves, au point que l'éditeur lui-même n'en peut plus. Je lui renvoie des épreuves couvertes de corrections, carrément noircies d'annotations, et je recommence avec le nouveau jeu. Comme je l'ai déjà dit, c'est un travail qui exige de la persévérance, mais cela ne m'est pas pénible. Relire plusieurs fois la même phrase pour bien sentir comment elle sonne, changer l'ordre des mots, effectuer de toutes petites modifications stylistiques, c'est un travail minutieux, et, par nature, je l'apprécie. J'éprouve une grande joie à noircir les épreuves, à regarder rapetisser progressivement la dizaine de crayons HB alignés sur mon bureau. Je ne sais pas très bien pourquoi, mais cela me paraît amusant. Et je pourrais continuer de la sorte inlassablement.

Raymond Carver, un écrivain que je respecte beaucoup, aimait lui aussi le travail minutieux. À ce propos, il cite ces mots d'un autre auteur : « Je sais qu'une nouvelle est achevée lorsque je l'ai soigneusement relue, que j'ai ôté un certain nombre de virgules, puis que je l'ai relue encore une fois et que j'ai remis les virgules aux mêmes endroits. » Je comprends tout à fait ce sentiment. Je l'ai vécu bien des fois. Bien entendu, il y a des limites. Si l'on retravaille le texte à outrance, on risque de le dégrader. C'est quelque chose de délicat, à quoi il faut veiller. L'exemple des virgules ôtées puis rétablies l'illustre très bien.

C'est donc ainsi que j'écris mes romans. Ils plaisent à certains, et à d'autres non. Je ne suis moi-même pas satisfait des textes que j'ai écrits dans le passé et j'éprouve de temps à autre un sentiment douloureux : comme je les écrirais mieux aujourd'hui ! Alors, sauf en cas de nécessité, j'évite de m'arrêter sur mes propres livres, car quand je les relis, toutes sortes de défauts me sautent aux yeux.

Cependant, il est clair pour moi, fondamentalement, que ce que j'ai écrit à une certaine époque n'aurait pas pu être meilleur. Parce que je sais que j'y ai mis toutes mes forces d'*alors*. J'ai pris tout le temps qu'il fallait, j'ai mobilisé toute l'énergie dont je disposais pour achever l'ouvrage. J'ai mené une guerre en faisant tout pour la gagner. Cet engagement total, cette volonté de tout donner, je les possède toujours aujourd'hui. Tout du moins en ce qui concerne les romans, je n'écris jamais sur commande, et je n'accepte pas non plus de date limite. J'écris ce que je veux écrire, quand et comme je le veux. Sur ce point en tout cas, j'ai suffisamment de confiance en moi pour pouvoir l'affirmer. Et plus tard je n'aurai donc pas de regrets : « Ah, si seulement j'avais fait ça comme ça… »

Le temps est un facteur très important dans le processus de l'écriture. Quand il s'agit de romans, en particulier, l'« incubation » joue un rôle primordial. C'est le temps du silence, durant lequel on doit laisser pousser en soi les germes du roman, les laisser gonfler. Durant lequel on donne au désir d'écrire la possibilité de se construire. C'est un temps durant lequel on le fait parvenir à maturation, un temps durant lequel les choses commencent à prendre des formes tangibles, un temps durant lequel la cure de repos les fait mûrir tout à loisir dans un lieu frais et sombre, avant qu'elles soient sorties, exposées à la lumière naturelle, et qu'une fois bien consolidées elles soient finement examinées, avant de se mettre à un travail minutieux et répétitif, à l'exemple du forgeron qui manie son marteau… Seul l'écrivain lui-même sait de façon intime s'il a accordé suffisamment de temps ou pas à chaque étape de ce processus. Et si ce temps a été judicieusement employé, cela se reflétera nécessairement dans la force persuasive des œuvres. Ce temps est peut-être invisible à l'œil nu, mais il engendre des différences incontestables.

Pour donner un exemple familier, c'est un peu comme la différence entre l'eau chaude d'une source thermale, *onsen*, et celle de la baignoire à la maison. Quand on se baigne dans une source thermale, même si l'eau n'est pas brûlante, on se sent réchauffé jusqu'au plus profond de son corps et l'on conserve cette chaleur même après être sorti de l'eau. Alors que cette même sensation n'existe pas quand on est plongé dans sa baignoire. D'ailleurs, sitôt qu'on en sort, on se refroidit. Je suppose que tout le monde ici au Japon a vécu cette expérience. Presque tous les Japonais ont éprouvé cette sensation particulière sur leur peau, ils ont eu un soupir de plaisir en disant : « Ah oui, c'est bien ça, l'eau chaude des *onsen* ! » Mais il est difficile de décrire précisément cette sensation à ceux qui n'en ont pas fait l'expérience.

Il semble qu'il y ait quelque chose de similaire dans les bons romans et dans la bonne musique. Même si la température de l'eau est la même dans une source thermale et dans sa baignoire, c'est sur sa peau que l'on comprend la différence. « Cela vous envahit lentement, mais je ne saurais trop comment le dire… » « En termes de degrés, la température est pourtant la même, alors c'est peut-être mon imagination ? » La plupart des gens, qui ne sont pas des savants, pas plus que moi, ne peuvent rien répondre à cela.

Aussi, quand l'un de mes livres fait l'objet de critiques, si sévères soient-elles – et même bien plus sévères que prévu –, je me dis seulement : « Je n'y peux rien. » Car j'ai la conviction d'avoir fait tout ce qui était en mon pouvoir. J'ai pris tout le temps nécessaire à la préparation, j'ai pris le temps de laisser reposer les choses, le temps de réaliser un délicat travail de « forgeron ». Je ne suis donc pas entamé par les critiques et je ne perds pas non plus ma confiance en moi. Bien sûr, il m'arrive aussi de trouver ces reproches désagréables, mais ce n'est pas important. Je suis en effet convaincu que le temps confirmera ce que l'on a obtenu grâce à lui. Beaucoup de choses ne pourront être confirmées que par le temps. Si je n'avais pas cette certitude chevillée en moi, je risquerais, malgré mon aplomb, de sombrer dans la mélancolie. Tant que j'ai la conviction d'avoir fait de mon mieux, je n'ai rien à redouter. Il faut avoir confiance dans la main du temps. Faire du temps son allié implique de le traiter avec beaucoup de soin, avec délicatesse et courtoisie. Comme une femme.

Raymond Carver, dans l'essai déjà cité, raconte :

« “J'aurais pu écrire des choses meilleures si j'y avais consacré plus de temps.” Je suis resté muet quand un écrivain de mes amis m'a déclaré cela. Et aujourd'hui encore, alors que je me souviens de ses mots, j'en reste stupéfait. […] Car si l'on n'a pas été capable de donner le meilleur de soi dans le texte que l'on donne à lire, à quoi bon écrire alors ? Parce que, en fin de compte, la satisfaction d'avoir fait de son mieux, la preuve que l'on a travaillé à son maximum, ce sont les seules choses que l'on emporte dans sa tombe. J'aurais aimé dire à mon ami : "Au lieu de dire des bêtises, tu ferais mieux de faire autre chose. Il y a certainement d'autres façons de gagner sa vie, plus faciles et sans doute aussi plus honnêtes. Ou alors, fais ton travail d'écrivain au mieux de tes capacités et de ton talent. Et ne te défends pas, ne te justifie pas. Ne te plains pas, ne t'excuse pas."[1] »

Il n'est pas dans les habitudes de Raymond Carver, en général très doux, de formuler des remarques aussi sévères, mais je suis totalement d'accord avec ce qu'il veut dire. Je ne sais pas ce qu'il en est aujourd'hui, mais autrefois beaucoup d'auteurs se vantaient de « ne pouvoir écrire que lorsqu'ils y étaient acculés ». Et, de fait, ils parvenaient à écrire sur un mode littéraire, ou avec un style élégant. Seulement, à long terme, cette façon de faire est stérile. Si ces écrivains ont d'abord connu le succès et la réussite, j'ai l'impression qu'au fil du temps leur style s'est bizarrement étiolé.

Pour faire du temps son allié – c'est l'un de mes credo –, il faut savoir le contrôler, le soumettre en quelque sorte à sa propre volonté. Et non pas se laisser contrôler par le temps. Car alors vous devenez passif. Un dicton prétend que « le temps et la marée n'attendent pas les hommes ». Si néanmoins vous avez l'intention de ne dépendre que de vous-même, il ne vous reste qu'à établir votre propre calendrier, sur un mode positif, volontaire.

J'ignore si les livres que j'ai écrits sont bons, et s'ils le sont, à quel degré. L'intéressé ne devrait d'ailleurs

1. Traduction : Haruki Murakami.

pas disserter sur ces choses-là. À chaque lecteur d'en juger. Et c'est le temps, en définitive, qui déterminera la valeur d'une œuvre. L'auteur ne peut que l'accepter. À ce jour, ce que je peux dire, c'est que j'ai pris tout le temps qu'il me fallait pour écrire mes livres et, pour emprunter les mots de Carver, que je me suis efforcé d'écrire « au mieux de mes capacités et de mon talent ». Aucun de mes textes, je crois, n'aurait été meilleur si j'y avais consacré encore plus de temps. Si je n'ai pas su produire des textes meilleurs, c'est seulement parce que, en tant qu'écrivain, je n'étais pas assez compétent au moment où je les écrivais. Si regrettable que cela soit, ce n'est pas quelque chose dont je dois avoir honte. Il est toujours possible d'élargir ses compétences en travaillant. Mais les occasions perdues le sont à tout jamais.

Ce système qui me permet d'écrire à ma façon, je l'ai façonné durant de longues années, je l'ai travaillé avec soin et je le sauvegarde précieusement. Je l'ai nettoyé, huilé et entretenu afin qu'il ne rouille pas. Et, comme écrivain, j'avoue que j'en suis plutôt fier. Il est sûrement plus agréable pour moi de parler de ce système en général que de m'étendre sur le succès ou la valeur de chacun de mes livres. Car je peux en parler en termes tout à fait concrets.

Si mes romans faisaient ressentir aux lecteurs ne serait-ce qu'un peu de la chaleur de l'eau des sources thermales, cette sensation intime que l'on a sur la peau, j'en serais vraiment heureux. Car j'ai lu beaucoup de livres, écouté beaucoup de musique dans la quête de cette perception unique. Essayons d'abord de croire à ce que nous ressentons. Peu importe ce que disent les autres. Pour le lecteur comme pour le romancier, aucune norme ne dépasse cette « sensation ».

7

Une activité physique totalement personnelle

Écrire des romans est une activité tout à fait personnelle, qui se déroule entre les murs d'une pièce close. On est assis seul dans son bureau, penché sur sa table, et (la plupart du temps) on fait émerger à partir de rien des histoires imaginaires avant de leur donner une forme littéraire. Transformer des événements informes en éléments objectifs (tendant à l'objectivité, tout du moins), voilà comment on pourrait définir en termes simples notre travail quotidien. (À nous autres, les romanciers.)

Beaucoup objecteraient sans doute : « Comme si je pouvais disposer de mon propre bureau ! » Quand j'ai commencé à écrire, moi non plus je n'en avais pas. Je m'installais à la table de la cuisine de notre petit appartement (aujourd'hui le bâtiment a été démoli), situé à proximité du sanctuaire de Hatonomori Hachiman, dans l'arrondissement de Sendagaya, et, une fois que ma femme s'était couchée, tard dans la nuit, je laissais courir mon stylo sur les feuilles standard de 400 signes. Je l'entendais crisser sur le papier. C'est ainsi que j'ai écrit mes deux premiers romans, *Écoute le chant du vent* et *Flipper, 1973*.

Des textes que j'ai d'ailleurs appelés « Écrits sur la table de la cuisine ».

La première partie de *La Ballade de l'impossible*, je l'ai écrite sur les petites tables des cafés, ici ou là, en Grèce, ou bien dans un ferry, dans la salle d'attente d'un port, à l'ombre des arbres d'un jardin public, ou dans un hôtel bon marché. Comme je ne pouvais pas emporter des rames de papier de 400 signes, j'ai acheté à Rome, dans une papeterie, un cahier ordinaire, sur lequel j'ai continué à griffonner de tout petits caractères avec un stylo-bille Bic. J'étais gêné par le brouhaha environnant, je n'arrivais pas à écrire correctement parce que la table mal équilibrée remuait, du café se renversait sur mon cahier, et quand je travaillais en pleine nuit dans un hôtel en essayant de me concentrer sur mon texte, à travers les cloisons minces de la chambre voisine, me parvenaient les manifestations bruyantes d'un couple en pleins transports amoureux. Oui, j'ai connu toutes sortes de situations pas très faciles. Quand j'y repense aujourd'hui, ce sont pour moi des épisodes amusants. Mais à l'époque je me suis souvent senti découragé. Comme nous ne trouvions aucun lieu où nous installer de façon permanente, nous avons parcouru l'Europe, allant de place en place, et c'est ainsi que j'ai continué à écrire dans toutes sortes d'endroits. Ce gros cahier, maculé de café (et couvert d'autres taches indéfinissables), je l'ai toujours aujourd'hui.

Quand on a le désir d'écrire un roman, n'importe quel lieu peut devenir une chambre close ou un bureau ambulant. Voilà simplement ce que je veux dire.

À l'origine, personne ne vous demande d'écrire un roman. Vous ressentez seulement en vous un très puissant désir et une grande force intérieure, et vous vous lancez dans l'entreprise en fournissant des efforts acharnés. Bien sûr, il arrive que quelqu'un vous demande d'écrire un roman. Chez les écrivains de métier, c'est même très fréquent. Pour ma part, mon principe de base, depuis des années, est de ne jamais écrire sur commande, mais il est possible que je sois une sorte d'oiseau rare. La plupart des écrivains sont fortement incités à rédiger des textes courts pour des revues ou des romans pour leur maison d'édition, et c'est ainsi que les choses commencent. Dans ce genre de situation, on convient d'une date de remise et l'auteur perçoit une avance.

Cela ne change cependant rien à l'exigence fondamentale qui veut que l'écrivain donne naissance à son œuvre librement, en suivant son impulsion intérieure. Peut-être y a-t-il des auteurs qui ne pourraient commencer à écrire sans une forte pression extérieure ou sans la contrainte d'une date butoir. Pourtant, s'il n'y avait pas d'abord ce puissant désir intérieur d'écrire, rien n'y ferait, aucune date butoir, aucune somme d'argent, aucune supplication. Il n'y aurait tout bonnement pas de roman. Cela va de soi.

De toute façon, dès qu'il se met à écrire, l'écrivain est seul. Personne ne peut l'aider. Il arrive parfois que quelqu'un fasse des recherches pour lui, mais ce rôle se limite à la collecte de documentation ou de matériaux. Personne ne met de l'ordre dans son cerveau, personne ne trouve à sa place les mots qu'il faut. Ce que l'on commence soi-même, on doit le poursuivre soi-même, l'achever soi-même. Contrairement au lanceur, dans le base-ball professionnel, qui, après avoir joué sept manches, s'en remet en fin de partie au lanceur de relève et va tranquillement s'asseoir sur les bancs éponger sa sueur. Chez les romanciers, pas de joueur de réserve dans la zone d'échauffement. S'il y a des manches supplémentaires, jusqu'à quinze quelquefois, voire dix-huit, il n'a d'autre choix que de continuer à lancer seul, jusqu'au bout du match.

Pour ma part, lorsque j'entreprends l'écriture d'un roman long, je m'enferme durant plus d'une année (parfois deux, ou même trois) dans mon bureau, et je reste là à travailler assidûment à mon manuscrit. Je me lève tôt le matin et j'écris chaque jour pendant cinq ou six heures en me concentrant au maximum. Au cas où je m'obstinerais plus longtemps dans des réflexions désespérées, mon cerveau se met en surchauffe (il arrive que mon cuir chevelu soit littéralement brûlant) et mes idées se brouillent. L'après-midi, je m'accorde donc une petite sieste, j'écoute de la musique ou je lis des livres inoffensifs. Comme ce mode de vie est essentiellement statique, je fais chaque jour une heure de sport environ. Le lendemain, je suis prêt à me remettre au travail. Immuablement, jour après jour.

Cela fait partie de ce que l'on appelle communément une activité solitaire. Mais l'écriture d'un roman, en particulier d'un roman au long cours, avouons que c'est dans la plus extrême solitude qu'elle se pratique. J'ai quelquefois le sentiment d'être tout seul au fond d'un puits. Personne pour me venir en aide, personne pour me taper sur l'épaule et me féliciter en me disant : « C'est bien, ce que tu as fait aujourd'hui ! » Il est de mise, habituellement, que le produit né d'un travail fasse l'objet de compliments (quand tout s'est bien passé, évidemment), mais le travail de l'écriture en lui-même n'a pas de valeur particulière aux yeux du public. C'est là un fardeau que l'écrivain, silencieusement, doit porter seul sur ses épaules.

Même si je pense être assez persévérant pour accepter ce type d'activité solitaire, j'ai parfois des moments de découragement ou de lassitude. Mais tandis que chaque jour, coûte que coûte, je m'obstine patiemment, soigneusement, comme un maçon qui entasse brique sur brique, à un certain moment finalement me pénètre le sentiment aigu d'être un véritable écrivain. Ce sentiment, je le reçois comme quelque chose de bon, qu'il faut fêter. Une des devises d'une ligue antialcoolique américaine est la suivante : *One day at a time*. C'est un slogan très juste, à mon sens. Pour ne pas casser son rythme, les efforts doivent être répartis régulièrement tous les jours. Et si l'on continue ainsi, tranquillement, « quelque chose » advient en soi. Mais il faut parfois bien du temps avant que cela se produise. Jusque-là, vous devez attendre patiemment. On ne peut tricher avec la durée d'un jour. Il n'est pas question de condenser deux ou trois jours en un seul.

Qu'est-ce qui est nécessaire pour pouvoir poursuivre cette activité sur une longue durée ?

De la persévérance, bien entendu.

Trois jours de concentration derrière un bureau ne suffisent pas pour être un écrivain. Certains prétendront qu'en trois jours il est possible d'écrire une nouvelle. Certes, ce n'est pas faux. Oui, une nouvelle en trois jours, pourquoi pas ? Mais achever une nouvelle en trois jours, effacer tout de son esprit, être prêt à en écrire une autre dans les trois jours suivants, et ainsi de suite, un cycle aussi saccadé ne peut en aucun cas se poursuivre sur une longue durée. Cette façon de travailler, hachée, sautillante, ne permet pas de se maintenir très longtemps. Même les auteurs de nouvelles doivent rechercher une certaine continuité dans leur vie. Pour s'assurer une activité littéraire durable, il est nécessaire d'avoir l'endurance qui vous permet de travailler en continu, que l'on soit auteur de nouvelles ou de romans.

Que peut-on donc faire pour entretenir cette endurance ?

À cette question, je donnerai une réponse très simple : acquérir des capacités physiques. Se construire une constitution solide. Faire de son corps un allié.

Bien entendu, il ne s'agit là que d'une opinion toute personnelle, et qui s'appuie sur mon expérience. Elle n'a peut-être pas de caractère universel. Mais comme je ne parle ici que de ce qui m'est propre, je propose seulement ce qui se rattache à mon vécu. Il existe sans doute des avis divergents, mais, je vous en prie, allez les écouter de la bouche d'autres personnes. Je parle ici en tant qu'individu, et uniquement pour moi. C'est vous qui déciderez si ce que je dis possède un caractère universel ou pas.

La plupart des gens semblent croire que la force physique ne joue aucun rôle chez un écrivain, étant donné que son travail se pratique surtout assis à sa table. L'essentiel est qu'il ait assez de force dans les doigts pour pianoter sur le clavier de son ordinateur (ou pour écrire au stylo sur du papier). Le grand public reste fermement persuadé que les écrivains mènent une existence malsaine, asociale et non conformiste. À quoi bon par conséquent les convaincre des bienfaits d'un mode de vie qui ménage leur santé ? Dans une certaine mesure, je peux moi-même comprendre ce point de vue. Je crois qu'il est difficile en tout cas de lutter contre l'image stéréotypée de l'écrivain.

Pourtant, essayez de vous y mettre vous-même et vous comprendrez : pour pouvoir rester assis chaque jour durant cinq ou six heures, seul devant son écran d'ordinateur (ou face à des feuilles de 400 signes posées sur une caisse de mandarines, peu importe), pour demeurer concentré et travailler à ses histoires, des capacités physiques sortant de l'ordinaire sont indispensables. Quand on est jeune, ce n'est sans doute pas si pénible. À vingt ans, à trente ans... le corps déborde de vitalité, on n'hésite pas à le surmener. De même, si nécessaire, on réactive assez aisément sa concentration et on est apte à la maintenir à un haut niveau. La jeunesse, c'est merveilleux (je revivrais volontiers la mienne, sans manquer pourtant de la trouver pénible parfois). Malheureusement, la force physique diminue avec l'arrivée de l'âge mûr, la capacité à rebondir s'érode, l'endurance vous déserte. Les muscles fondent, la graisse s'installe. « Les muscles s'en vont aussi facilement que la graisse se met en place » : telle est l'une de nos tragiques réalités physiques. Par conséquent, des efforts constants, qui n'ont rien de naturel, sont nécessaires pour compenser ce déclin et conserver notre force physique.

Par ailleurs, la diminution de notre capacité physique peut aussi entraîner (de manière générale, encore une fois) la baisse progressive de notre capacité intellectuelle. Nous perdons notre agilité mentale, notre souplesse psychique. « Si un écrivain se met à grossir, c'en est fini de lui », avais-je déclaré un jour à un jeune auteur au cours d'un entretien. Une manière de s'exprimer un peu extrême peut-être, et il y a évidemment des exceptions, mais je crois que cette idée est dans l'ensemble assez juste. On peut entendre le mot « graisse » au sens physique comme au sens métaphorique. La plupart des écrivains remplacent cette déperdition naturelle par une amélioration stylistique ou par le mûrissement de la pensée, mais il y a cependant des limites.

Selon des études récentes, le nombre de neurones situés dans l'hippocampe du cerveau pourrait être multiplié grâce à des entraînements de gymnastique rapide, ou d'aérobic, qui oxygènent les tissus. L'aérobic, comme la natation ou le jogging, fait partie de ces exercices que l'on peut pratiquer avec profit très longtemps. Sauf que ces neurones tout juste créés disparaissent après vingt-huit heures d'inactivité. Ils n'ont donc joué aucun rôle. Quel dommage ! Mais si on leur offre une stimulation intellectuelle, ils deviennent actifs, établissent de nouvelles connexions et participent à la transmission des signaux. En élargissant le réseau cérébral, ils le rendent aussi plus dense. Et augmentent ainsi les capacités d'apprentissage et de mémorisation. La pensée s'adapte alors plus facilement à des changements de situation et une étonnante créativité peut se déployer plus aisément. Des pensées plus complexes et des idées hardies deviennent possibles. Une activité physique quotidienne combinée à une stimulation mentale, c'est la meilleure des influences pour le travail créatif propre aux écrivains.

Je pratique la course depuis que je suis un romancier à temps plein, après avoir écrit *La Course au mouton sauvage*, autrement dit depuis plus de trente ans. Presque chaque jour, je fais environ une heure de jogging ou de natation. C'est devenu un mode de vie. Cela explique peut-être pourquoi je suis très robuste. Je n'ai jamais eu de grave ennui de santé, jamais souffert non plus des jambes ou des hanches (un jour, un seul, après une partie de squash, je me suis déchiré un muscle). Une fois par an, je cours un marathon et j'ai participé à plusieurs triathlons.

Ces habitudes sportives impressionnent parfois : « Oh, vous courez vraiment chaque jour ! Vous devez avoir une volonté de fer ! » Je me contenterais de répondre qu'un salarié ordinaire qui fait les va-et-vient maison-bureau chaque jour en train ou en métro est bien plus éprouvé physiquement. En comparaison d'une heure passée dans un train de banlieue bondé, courir une heure, au moment où l'on en a envie, ce n'est rien. Ce n'est pas le signe d'une volonté forte. J'aime courir et je continue à le faire régulièrement parce que cela convient à mon tempérament. Aucune volonté n'aurait pu me faire poursuivre cette activité trente ans durant si elle ne m'avait pas plu.

Ce style de vie que j'ai construit peu à peu m'a également permis d'élargir mes compétences en tant qu'écrivain, avec toujours la volonté de rendre ma force créatrice plus sûre et plus stable. Je ne peux l'expliquer objectivement, mais cette sensation aiguë est bien en moi, je la perçois tout à fait naturellement.

Pourtant, mes explications ne convainquent guère autour de moi. Je fais plutôt l'objet des moqueries. Jusqu'à il y a environ dix ans de cela, personne pour ainsi dire ne comprenait de quoi je parlais. « Quand on court comme ça tous les matins, on est en trop bonne santé pour pouvoir écrire de la bonne littérature ! » Voilà le genre de chose que j'entendais de tous côtés. Dans les milieux littéraires, on a toujours eu tendance à rire avec condescendance de l'exercice physique.

Dans la tête de beaucoup, « se maintenir en forme » fait surgir l'image de gros machos musclés. Pourtant, pratiquer chaque jour des exercices physiques en vue de rester en bonne santé, cela n'a strictement aucun rapport avec le body-building.

Pendant très longtemps, je n'ai pas su moi-même

quel sens attribuer à cet entraînement quotidien. Bien entendu, on en retire un bénéfice physique. On contrôle son poids, on ne grossit pas et on s'assure une bonne musculature. J'avais pourtant toujours le sentiment qu'il ne s'agissait *pas seulement* de cela. Que derrière se cachait sûrement quelque chose de *bien plus fondamental*. De quoi s'agissait-il ? Je l'ignorais, et par conséquent j'étais incapable de l'expliquer aux autres.

J'ai donc persisté dans cette habitude sans en saisir la signification. Trente ans, c'est très long. Il a fallu consentir à beaucoup d'efforts pour ne jamais déroger à cet entraînement de chaque jour, sur une aussi longue durée. Comment en ai-je été capable ? Peut-être parce que j'ai senti que l'acte même de courir résumait et concrétisait les obligations auxquelles je devais faire face dans ma vie. C'était une sensation (ou une perception) imprécise mais très forte que j'avais en moi. Ainsi, les jours où je n'avais pas envie de courir, où cela me paraissait trop dur, je me disais simplement : « Tu dois *absolument* le faire ! », et j'y allais sans chercher à en savoir davantage. Aujourd'hui encore cette phrase résonne comme un mantra pour moi : « C'est quelque chose que tu dois *absolument* faire. »

Ce qui ne signifie pas que, à mes yeux, courir soit bon en soi. Courir, c'est seulement courir. Ce n'est ni bon ni mauvais. Si vous détestez courir, vous n'avez pas besoin de vous y contraindre. Courir ou ne pas courir relève de la liberté individuelle. Je ne plaide pas pour que tout le monde coure. Quand, certains matins d'hiver, je vois tous ces lycéens arpenter les rues au pas de charge, je me dis qu'il y en a sûrement beaucoup parmi eux qui n'en ont pas envie et j'éprouve un peu de pitié à leur égard. Oui, vraiment.

Simplement, pour moi-même, courir signifie

énormément. J'ai pris conscience que pour ce que je suis, ou pour ce que j'essaie de faire, la course était d'une façon ou d'une autre nécessaire, et cette conviction est restée inchangée depuis très longtemps. Cette pensée est toujours derrière moi, qui me pousse en avant. Par un matin glacé, ou bien sous un soleil de plomb, quand mon corps est lourd ou que je n'ai pas le cœur à mettre un pied devant l'autre, elle est là et elle me remonte gentiment le moral : « Allez, courage, aujourd'hui aussi tu vas y arriver ! »

Quand j'ai lu cet article scientifique à propos de la formation des neurones, j'ai songé que, décidément, je ne m'étais pas trompé. Autrement dit, l'écoute attentive de ses sensations physiques est une tâche essentielle pour les créateurs. Voilà ce que mon corps m'a appris. En définitive, esprit ou cerveau ne sont qu'une partie de notre organisme. Et j'ajouterais – j'ignore si les scientifiques seraient d'accord – que la frontière entre l'esprit, le cerveau et le corps n'est pas si clairement déterminée.

Je me répète encore et encore, et certains penseront sans doute : « Ah, il recommence ! » Oui, mais c'est parce que la question est très importante. Pardon.

Par essence, un écrivain raconte des histoires. Il s'enfonce dans les souterrains de la conscience. Descend au plus profond des ténèbres du cœur. Et plus l'histoire qu'il veut raconter est vaste, touffue, plus il doit aller loin dans le sous-sol. De même que la construction d'un grand immeuble nécessite de creuser très loin pour édifier des fondations. Et plus l'histoire à raconter est dense et fourmillante, plus l'obscurité dans laquelle plonge l'écrivain est lourde, épaisse.

C'est au cœur de ces ténèbres qu'il découvre ce

dont il a besoin – ce qui nourrira son roman – et qu'il ramène sa prise dans les zones supérieures de son esprit. Il transforme alors ce matériau en texte en lui donnant des formes et du sens. Ces lieux sombres regorgent de dangers. Les créatures qui les peuplent peuvent revêtir toutes les apparences possibles afin d'égarer les humains. Il n'y a là-bas ni poteau indicateur ni plan. Certains endroits se changent en labyrinthe. Comme des grottes souterraines. Si l'on manque de vigilance, on est perdu. Et l'on risque de ne plus remonter. Dans cette obscurité, inconscient collectif et inconscient individuel se confondent. Comme se confondent temps immémoriaux et présent. Rien ne peut être emporté sans avoir été disséqué, au risque de conséquences parfois périlleuses.

Dans la lutte contre la puissance de ces ténèbres, on a absolument besoin de force physique afin de s'opposer sans relâche à tous ces dangers. Je ne peux évaluer précisément quelle en est la quantité nécessaire, mais il est en tout cas bien préférable d'être fort. Cette force n'a pas pour but d'être utilisée pour rivaliser avec les autres, elle sert uniquement à ses propres besoins. C'est ce que j'ai compris (ou ressenti) peu à peu à travers ma pratique quotidienne de l'écriture. Nous devons nous aguerrir, autant qu'il nous est possible, et afin de conserver longtemps cette combativité, nous devons nous assurer que l'hôte de cette force, c'est-à-dire notre corps, s'est bien endurci.

L'expression « s'aguerrir » que j'emploie ici, je ne l'applique pas à la vie réelle, courante. Dans ce domaine-là, je suis un homme tout ce qu'il y a de plus ordinaire. Si l'on me blesse, je dis des choses que je ne pensais pas vraiment et je suis ensuite tourmenté par le remords. J'ai du mal à résister à certaines tentations et je m'arrange pour me défiler devant certaines obligations assommantes. Je pique des colères pour des broutilles tout en fermant les yeux sur des questions importantes, par simple négligence. Je m'efforce d'avancer le moins d'excuses possible, et pourtant il arrive qu'elles me sortent de la bouche toutes seules. Alors que j'ai décidé de ne pas boire d'alcool un jour, j'ouvre le frigo et je prends une bière. Les hommes ordinaires, partout dans le monde, c'est comme ça, j'imagine. Peut-être même que je me situe en dessous du niveau moyen.

Mais quand il s'agit d'écrire un roman, je suis capable de le faire avec un cœur de fer et de rester penché sur ma table cinq heures durant chaque jour. Cette force, je ne l'ai pas reçue en partage de naissance, mais – au moins pour la plus grande part – je l'ai acquise. J'ai réussi à l'assimiler grâce à un entraînement absolument conscient et volontaire. Ce qui m'amène à penser que n'importe qui animé d'une détermination suffisante peut parvenir à en faire autant – même si je ne prétends pas que ce soit facile. Bien entendu, il en va de cet endurcissement mental comme de la force physique. Le but n'est pas de se comparer aux autres ou de les concurrencer, mais de conserver pour soi-même le meilleur équilibre.

Je ne défends par pour autant la position d'un moraliste ou d'un stoïque. La morale ou le stoïcisme n'entretiennent aucun lien direct avec l'écriture d'un bon roman. Enfin, je ne le pense pas. Je suggère juste, de façon très simple, sur un plan pratique, que mieux vaut être bien conscient de tout ce qui concerne son corps.

Il est possible que cette manière de penser et de vivre ne convienne pas à l'image de l'écrivain tel que se le représente le public. Alors que je parle ainsi, l'inquiétude me gagne peu à peu. Car il se pourrait bien que les lecteurs en général aspirent toujours au stéréotype du romancier : un être subversif qui mène une vie dissolue, qui n'a aucun égard pour sa famille, qui met au clou les kimonos de son épouse pour en tirer quelques sous (une représentation tout de même assez datée), qui s'adonne à la boisson et se perd avec des femmes, qui agit totalement à sa guise et qui puise dans ses échecs et son chaos pour engendrer une œuvre littéraire. Ou bien ils sont en quête de l'« écrivain engagé », comme celui qui tape frénétiquement à la machine au milieu d'un déluge de balles durant la guerre civile espagnole. Un romancier qui vit dans une banlieue paisible, qui mène une vie saine, se lève tôt, se couche tôt, ne manque son jogging pour rien au monde, se concocte volontiers des salades de légumes et s'enferme chaque jour dans son bureau pour travailler selon un horaire bien réglé, au fond, qui en rêve ? Ne suis-je pas simplement en train de salir en pure perte une image romantique chérie par les lecteurs ?

Anthony Trollope, cet écrivain anglais du XIXe siècle, a écrit de très nombreux romans et a connu une grande popularité de son vivant. Il travaillait à la poste de Londres, et au début, les romans n'étaient pour lui qu'un passe-temps, mais il est ensuite devenu l'un des écrivains les plus aimés de son époque, un des plus reconnus. Il n'a pourtant jamais abandonné son emploi. Chaque jour, très tôt, avant de partir au travail, il s'installait à sa table et écrivait la quantité de feuillets qu'il s'était fixée. Trollope a sans doute été un fonctionnaire compétent puisqu'il est parvenu à un rang assez élevé de son administration. On lui doit l'installation des boîtes aux lettres rouges un peu partout dans les rues de Londres (ce qui n'existait pas jusque-là). Son emploi à la poste lui convenait parfaitement et il n'a jamais songé, semble-t-il, à le quitter pour se consacrer à l'écriture, alors même que sa production littéraire était si abondante. Peut-être était-ce un original.

Il est mort en 1882, à l'âge de soixante-sept ans. Son autobiographie, retrouvée parmi les manuscrits qu'il avait laissés, a été publiée à titre posthume. Le public a alors pris connaissance de son mode de vie résolument non romantique, organisé de manière très stricte. Jusqu'à cette date, on ignorait quelle sorte d'homme avait été Anthony Trollope, mais quand la vérité a été étalée au grand jour, les critiques et les lecteurs se sont montrés si affligés, si déçus que sa popularité et sa valeur d'écrivain se sont effondrées dans toute la Grande-Bretagne. Quand j'ai entendu parler de cette histoire, j'ai ressenti de l'admiration et du respect pour lui (même si je n'ai encore lu aucun de ses livres). Ses contemporains n'ont pas du tout éprouvé la même chose. Ils se sont montrés au contraire très irrités. « Comment pourrions-nous lire les romans d'un type si ennuyeux ? » ont-ils pensé. Il est possible qu'en Grande-Bretagne, au XIXe siècle, les gens aient voulu que l'écrivain – ou son mode de vie – corresponde à l'image idéalisée du non-conformiste. Au vu de mon quotidien « ordinaire », je crains que l'on ne me juge de la même façon qu'Anthony Trollope. Il est toutefois réconfortant de constater qu'au XXe siècle il a connu un retour en grâce…

Franz Kafka a écrit son œuvre alors qu'il était employé d'une compagnie d'assurances à Prague. Lui aussi était un agent efficace et fiable, respecté de tous ses collègues. On raconte que, lorsqu'il était en congé, le travail au bureau restait en plan. Comme Anthony Trollope, Kafka a opiniâtrement continué à écrire ses textes littéraires sans abandonner le métier qui le faisait vivre. (Sauf que cet emploi a peut-être servi d'excuse au fait que la plupart de ses œuvres sont restées inachevées.) Contrairement à celui de Trollope, le style de vie très strict de Kafka est jugé « admirable ». Cette différence d'appréciation est curieuse. On ne sait décidément jamais comment sont attribuées les louanges et les critiques.

Quoi qu'il en soit, je présente mes sincères excuses à tous ceux qui recherchent l'image idéale de l'écrivain non conformiste, mais – et je me répète –, *pour moi* en tout cas, il m'est indispensable de vivre dans une certaine sobriété si je veux continuer à écrire des romans longtemps.

Tout le monde abrite du chaos au fond de soi. Il existe chez moi, chez vous aussi. Mais dans la vie ce n'est pas le genre de chose que l'on doit afficher, sous une forme concrète et visible. « Si vous saviez quel prodigieux chaos je porte en moi ! » Non, pas de ce type d'étalage en public. Celui qui par hasard tombe sur son propre chaos doit garder la bouche close et descendre seul au plus profond de sa conscience. Le chaos que nous affrontons tous, vous et moi, le seul chaos qu'il vaille la peine d'affronter se trouve là. Sous vos pieds.

Et ce dont vous avez besoin pour le transcrire fidèlement, loyalement, en mots, c'est de concentration silencieuse, de persévérance opiniâtre, et aussi d'une conscience plutôt solidement structurée. Pour conserver ces qualités, on doit disposer d'un corps robuste. La conclusion est peut-être insipide, littéralement prosaïque, mais c'est le fond de ma pensée d'écrivain. Que l'on me critique ou que l'on me fête, que l'on me bombarde de tomates pourries ou que l'on me jette des fleurs, qu'importe. C'est ainsi seulement que je peux écrire – et vivre.

J'aime en soi l'acte d'écrire un roman. Je me sens donc très reconnaissant de gagner ma vie en écrivant des romans et j'estime avoir bien de la chance de mener cette existence. Mais en réalité, si je n'avais pas été gratifié d'une chance exceptionnelle à un certain moment de mon parcours, je n'aurais sans doute pas pu réussir ce que j'ai accompli. J'en suis sincèrement convaincu. Plus que de chance, on pourrait presque parler de « miracle ».

Si le talent d'écriture – plus ou moins grand – que je possède n'avait pas été découvert, il serait resté en sommeil, comme un gisement pétrolifère ou une mine d'or enfouis pour l'éternité dans les profondeurs du sous-sol. On trouvera toujours des gens pour prétendre que le véritable talent finit forcément par s'épanouir. Pourtant, d'après mon intuition – à laquelle j'accorde une certaine confiance –, cela ne se passe pas ainsi. Si ce talent est situé tout près de la surface, la probabilité qu'il jaillisse spontanément est plutôt élevée. Mais s'il est niché dans des recoins secrets, on ne le libère pas aussi simplement. Même s'il s'agit d'un talent exceptionnel, il peut se faire qu'il demeure enterré à tout jamais, à moins que quelqu'un saisisse une pelle et déclare : « C'est ici que je vais creuser ! » À considérer ma propre vie, j'ai le sentiment que c'est ce qui m'est arrivé. Il est un temps pour chaque chose, et si on rate l'occasion, elle ne revient en général pas une seconde fois. La vie peut être capricieuse, injuste, parfois cruelle. Pour ma part, j'ai su saisir l'occasion. En y repensant après coup, je crois que ce n'était vraiment rien d'autre que de la chance.

La chance n'est cependant guère plus qu'un billet d'entrée. Et là, il n'en va pas comme avec un gisement pétrolifère ou une mine d'or. Une fois qu'on les a découverts, qu'on en a pris possession, on peut se contenter de vivre benoîtement dans le luxe et le farniente. Avec votre billet, vous pouvez accéder à la salle des fêtes – et puis c'est à peu près tout. Vous présentez votre billet au guichet, on vous laisse entrer, mais ce que vous allez faire, ce que vous allez regarder, ce que vous allez accepter ou rejeter, la façon dont vous surmonterez les obstacles, tout cela en fin de compte dépend de votre talent individuel, de vos compétences, de votre habileté, mais aussi de votre conception du monde, et parfois aussi, tout simplement, de votre force physique. En tout cas, il n'est plus question d'évoquer uniquement la chance.

Il est évident que, de même qu'il existe différents types d'hommes et de femmes, il existe aussi différents types d'écrivains. Leur mode de vie comme leur façon d'écrire diffèrent. Et aussi leur vision du monde et leur style. Je ne peux donc disserter sur les écrivains de manière générale. Seulement parler de moi-même, comme romancier. Ce qui limite la question. En même temps, pour n'évoquer ici que les écrivains de métier, il y a forcément chez eux, au-delà des différences individuelles, des traits communs. Si je voulais le dire en un mot, je parlerais de « dureté » spirituelle. Ils ont en partage la volonté farouche de continuer à écrire quelles que soient les circonstances, en surmontant leurs hésitations, en acceptant d'être abreuvés de critiques sévères, d'être trahis par des amis, de subir des échecs imprévus, de perdre de temps à autre confiance en eux-mêmes, ou au contraire de parfois pécher par excès de confiance, bref, en faisant face à tout un tas d'obstacles qui viennent se dresser sur leur route. Et si cette volonté perdure, se pose inévitablement la question de la qualité de leur mode de vie. Qu'est-ce qu'une vie pleine ? Une vie qui mérite d'être vécue ? Pour ma part, cela signifie endurcir jusqu'à un certain point son corps, le cadre en quelque sorte de son âme, et le faire progresser régulièrement, étape par étape. C'est pour moi fondamental. Vivre est (souvent) un combat éprouvant, un combat de longue haleine. Sans cette persévérance, il me semble impossible que la volonté ou l'âme restent positives et fortes. Non, la vie n'est pas facile. Quoi que l'on choisisse, tôt ou tard, on se voit forcément infliger des représailles (ou un choc en retour) pour ne pas avoir fait un autre choix. Une balance qui s'incline d'un côté reviendra obligatoirement à son état initial. La force physique et la force spirituelle sont pour ainsi dire les deux roues d'un véhicule. C'est lorsqu'elles sont correctement équilibrées qu'elles fonctionnent au mieux et que leur force peut s'exercer de la façon la plus efficace.

Un exemple tout simple : quand vous avez mal aux dents, vous êtes dans l'incapacité de vous asseoir à votre bureau et d'écrire. Qu'importe si votre cerveau abrite déjà l'intrigue la plus extraordinaire, qu'importe votre volonté d'écrire ou votre talent pour créer de magnifiques histoires complexes, il vous sera impossible de vous concentrer tant que vous serez en proie à des douleurs corporelles. Il vous faudra d'abord aller chez le dentiste et faire soigner cette dent (autrement dit entretenir votre corps comme il convient), et ensuite seulement vous pourrez vous remettre au travail. C'est tout ce que je veux dire.

C'est une théorie on ne peut plus simple, mais je l'ai apprise dans mon corps même. Il faut que la force physique et la force spirituelle aillent de pair, il faut qu'elles soient bien équilibrées. Il faut tendre vers un état où elles sont solidaires et efficaces, l'une vis-à-vis de l'autre. Cette théorie prend une signification accrue quand la bataille de la vie se transforme en guerre de tranchées.

Mais, dites-vous, il a fallu très peu de temps à des êtres d'exception comme Mozart, Schubert, Pouchkine, Rimbaud ou Van Gogh pour voir leur génie s'épanouir, eux qui se sont consumés en nous laissant des œuvres belles, sublimes, bouleversantes, eux dont le nom est resté à tout jamais dans l'histoire ; vous pouvez en effet estimer que leur vie brève leur a été suffisante et que, dans ces cas-là, une théorie comme la mienne ne tient pas du tout. Alors, oubliez tout ce que j'ai dit jusqu'à présent. Vivez en faisant ce que vous aimez, et comme il vous plaît de le faire. Il va sans dire que c'est une façon de vivre merveilleuse. Aucune époque ne peut renoncer à ses artistes de génie, les Mozart, Schubert, Pouchkine, Rimbaud ou Van Gogh.

Mais si (hélas !) vous n'êtes pas gratifié de dons exceptionnels et que néanmoins vous avez le désir de voir croître au fil du temps le talent (plus ou moins limité) qui est en votre possession, que vous souhaitez le rendre plus vigoureux, je pense que ma philosophie de vie vous sera salutaire. Il vous sera sans doute utile de renforcer votre volonté autant que faire se peut. Et, en même temps, de maintenir votre corps – quartier général de la volonté – aussi sain, aussi robuste que possible, de façon qu'il ne devienne pas une entrave. Autrement dit, vous pourrez améliorer globalement votre qualité de vie et lui donner un meilleur équilibre. Je suis persuadé que, grâce à ces efforts constants, la qualité des œuvres créées s'en ressentira également, pour le meilleur. (Je le répète, cette méthode ne s'applique pas aux artistes géniaux.)

Et que peut-on faire pour améliorer sa qualité de vie ? Il existe toutes sortes de moyens, différents selon chacun. Vous devez trouver votre propre chemin. De la même façon que chacun doit découvrir ses propres histoires et son propre style.

Je reviens à présent sur l'exemple de Franz Kafka. Il est mort de tuberculose à quarante ans et, sur les photos qu'il nous reste de lui, on voit un homme nerveux et frêle, alors qu'il semble avoir pris un soin maniaque de sa santé. Il s'en tenait à un régime végétarien, en été il nageait chaque jour jusqu'à environ 1 600 mètres dans la Moldau, et il faisait des exercices quotidiens de gymnastique. J'aurais bien aimé le voir alors qu'il s'entraînait ainsi, le visage grave.

Tout au long de mon existence, j'ai fait diverses expériences, subi pas mal d'échecs aussi, avant de trouver le style de vie qui me convenait. Trollope avait trouvé le sien, Kafka aussi. Vous devrez découvrir le vôtre. Chaque homme vit dans des conditions physiques et spirituelles qui lui sont propres. Chacun a sa méthode. Mais je serais très heureux si ma manière de faire vous était profitable, ne serait-ce que faiblement – en d'autres termes, si elle avait un caractère un tant soit peu général.

8

À propos de l'école

J'aimerais à présent parler de l'école. De ce qu'elle a représenté pour moi, du rôle que ma scolarité a joué (ou n'a pas joué) dans mon parcours d'écrivain.

Mes parents étaient tous deux enseignants et, à différentes reprises, j'ai donné moi-même des cours dans des universités américaines. (Même si je n'ai pas de diplôme d'enseignant.) Pour être franc, j'ai toujours eu une certaine aversion pour l'école. Je me sens mal à l'aise quand je repense à ces années-là (désolé) et il ne me vient en tête aucun bon souvenir. Cette simple évocation me donne encore des frissons dans le dos. Le système scolaire tout entier a d'abord été pour moi un problème.

En tout cas, je me souviens parfaitement du soulagement que j'ai ressenti quand je suis sorti diplômé de l'université. J'ai alors pensé : « Ça y est ! Tu n'as plus à remettre les pieds là-dedans ! » J'ai eu la sensation qu'un lourd fardeau m'était ôté des épaules. Et je n'ai jamais (je pense) connu la nostalgie de l'école.

Pourquoi alors vouloir aborder le sujet ?

Comme ces années sont aujourd'hui loin de moi, j'en suis venu à penser que je pouvais désormais parler de mon expérience de la chose scolaire et de l'éducation en général. Et qu'en m'exprimant à titre personnel je contribuerais peut-être à éclaircir la question. Par ailleurs, j'ai récemment discuté avec plusieurs jeunes élèves qui refusent de se rendre à l'école, et la conversation m'a poussé à entamer cette réflexion.

Pour être tout à fait honnête, de l'école primaire à l'université, étudier n'a jamais été mon fort. Non pas que mes résultats aient été désastreux ou que j'aie été en marge, exclu, non, rien de tout cela, je m'en sortais à peu près, mais c'était l'étude en elle-même que je n'aimais pas ; en fait, je n'ai jamais beaucoup travaillé. Le lycée que je fréquentais, à Kōbe, était un établissement public, un de ceux dans lesquels les programmes sont conçus de manière à bien préparer les élèves aux examens d'entrée à l'université. Un gros lycée, puisque nous étions plus de six cents élèves à chaque niveau. Nous appartenions à la génération du baby-boom et il y avait des ribambelles d'adolescents. Après chaque examen de telle ou telle matière, on établissait une liste d'une cinquantaine de noms, ceux des meilleurs élèves (oui, c'était ainsi, je m'en souviens). Jamais mon nom n'y figurait. Je dirais qu'il devait apparaître un peu au-dessus de ceux du milieu.

Pour quelle raison est-ce que je n'étudiais pas sérieusement ? C'est très simple. En premier lieu, parce que tout cela me semblait ennuyeux. Je n'arrivais pas à y trouver de l'intérêt. Ou, plus exactement, il y avait dans le monde beaucoup de choses que je jugeais bien plus passionnantes que le travail scolaire. Lire, par exemple, ou bien écouter de la musique, aller au cinéma, me baigner dans la mer, jouer au base-ball ou m'amuser avec mes chats. En grandissant, j'ai connu le plaisir de passer la nuit à jouer au mah-jong avec des copains ou de sortir avec des filles. En comparaison, le lycée me paraissait assommant. Quand on y pense, cela va de soi.

Pourtant, je ne me vivais pas comme quelqu'un de paresseux ou de frivole. Au fond de moi, je savais bien que lire et écouter de la musique étaient une façon personnelle d'étudier qui revêtait à mes yeux beaucoup de sens – mettons à part les sorties avec des filles. D'une certaine manière, c'était plus important que les examens du lycée. Je ne me souviens pas exactement dans quelle mesure tout cela était explicité ou théorisé en moi à cette époque, mais je crois que j'avais conscience, jusqu'à un certain point, d'assumer mon comportement. Bien entendu, je travaillais tout de même les sujets qui m'intéressaient.

Par ailleurs, je n'ai jamais eu le goût de la compétition. Je ne cherche pas à faire bonne figure en le précisant, mais les points, les places, le classement selon le rang que l'on occupe (heureusement, cet indicateur n'existait pas quand j'étais jeune), cette hiérarchie qui s'exprime concrètement sous forme de chiffres, rien de tout cela ne m'a jamais passionné. Ce n'est pas dans mon tempérament. Je ne suis pas non plus un mauvais perdant (selon les situations), mais du moins les questions de rivalité me sont étrangères.

À cette époque, la lecture était pour moi plus importante que tout. Inutile de préciser que quantité de livres sont plus excitants, abordent des questions bien plus profondes que les manuels scolaires. Page après page, je ressentais physiquement, d'une façon très nette, que ce qui m'était raconté là se transformait en chair et en sang. Et cela ne me donnait guère envie de travailler sérieusement à l'école. Je mémorisais mécaniquement les noms des ères du Japon et le vocabulaire anglais, sans imaginer que ces notions puissent avoir la moindre chance de m'être utiles plus tard. Les connaissances acquises ainsi, de façon mécanique, et non pas avec méthode, s'envolent d'elles-mêmes avec le temps et disparaissent quelque part – en un lieu obscur, une sorte de cimetière des connaissances. Parce que, en fin de compte, ces choses-là, il n'y a nulle nécessité de les conserver à tout jamais dans sa mémoire.

Bien plus essentiel est ce qui demeure en soi, même très longtemps après. Évidemment. Mais ce type de savoir n'a pas d'efficacité immédiate. Il faut beaucoup de temps avant qu'il révèle sa valeur. Et malheureusement, il n'entretient aucun lien direct avec les résultats de l'examen à venir. La différence entre ce qui est immédiatement efficace et ce qui ne l'est pas, je pourrais l'illustrer par l'exemple d'une petite et d'une grosse bouilloire. La petite bouilloire est pratique, parce que l'eau qu'elle contient chauffe vite, mais le problème est qu'elle refroidit rapidement. Pour la grosse bouilloire, il faut attendre plus longtemps, mais l'eau reste durablement à cette température élevée. Il est difficile de dire quelle est la meilleure bouilloire, chacune ayant son utilité et ses particularités. L'important est de les employer judicieusement.

Vers le milieu de mes années de lycée, je me suis mis à lire des romans en anglais. Je n'étais pas spécialement bon dans cette langue, mais je voulais à tout prix lire ces textes en version originale, et de préférence si le roman n'était pas encore traduit en japonais. Aussi ai-je acheté chez un bouquiniste de Kōbe, non loin du port, une énorme quantité de livres de poche en anglais que j'ai dévorés avec passion – peu importait que j'en comprenne ou non le sens. C'était d'abord par pure curiosité. Ensuite, je me suis habitué à lire ces ouvrages écrits en langue étrangère, sans trop de difficultés. À l'époque, il y avait de nombreux expatriés à Kōbe, un grand port qui attirait forcément aussi beaucoup de marins. Ceux-ci vendaient des quantités de livres occidentaux chez les bouquinistes.

À l'époque, je lisais beaucoup de romans policiers ou de science-fiction aux couvertures criardes, rédigés dans un anglais pas très difficile. Bien entendu, des écrivains complexes comme James Joyce ou Henry James étaient inaccessibles au lycéen que j'étais. Toujours est-il que j'ai réussi à lire ainsi des livres en anglais dans leur intégralité. La curiosité qui m'animait n'a toutefois pas amélioré mes notes en anglais. Elles sont restées désespérément médiocres.

Comment était-ce possible ? J'y ai beaucoup réfléchi alors. La plupart des élèves réussissaient leurs exercices d'anglais bien mieux que moi, mais, à ce que je constatais, ils n'étaient pas en mesure de lire un livre anglais en entier. Alors que moi, je le faisais facilement, et j'y trouvais du plaisir. Pourquoi donc mes notes n'étaient-elles pas meilleures ? J'ai finalement pris conscience, au terme de longues réflexions, que l'enseignement de l'anglais dans les lycées japonais n'avait pas pour but de transmettre aux élèves un anglais vivant, réel.

Quel était alors son objectif ? Faire en sorte qu'à l'épreuve d'anglais les élèves atteignent le score le plus élevé possible en vue de l'examen d'entrée à l'université. Lire des livres en anglais, avoir des conversations avec des étrangers, en tout cas avec les professeurs d'anglais de mon lycée, c'était quelque chose d'accessoire, voire d'inutile (ils n'allaient pas jusqu'à l'affirmer). Bien plus important était de mémoriser un vocabulaire difficile, d'apprendre des structures grammaticales comportant le plus-que-parfait du subjonctif, par exemple, de choisir les bonnes prépositions ou les bons articles.

Ces connaissances sont certes importantes. En particulier depuis que je réalise des traductions à titre professionnel, je suis douloureusement conscient de l'insuffisance de mes bases linguistiques. Mais il est toujours possible d'acquérir ces finesses techniques plus tard, quand on le souhaite. Ou selon la nécessité, sur place, dans le cadre de son travail. Ce qui compte plus que tout, c'est la raison pour laquelle vous voulez apprendre l'anglais (ou une autre langue étrangère). Quand le but n'est pas clair, l'apprentissage devient une corvée. Dans mon cas, l'objectif était tout à fait net. Je voulais lire des romans anglais en version originale. Et je m'en contentais momentanément.

La langue est vivante, tout comme les hommes. Or, comme les hommes vivants ont besoin d'utiliser ces langues vivantes, il leur faut faire preuve d'une grande souplesse. Il leur faut accepter de s'adapter, de se déplacer pour trouver les meilleurs contacts réciproques possibles. Si la chose semble évidente, elle ne l'était pas du tout au sein du système scolaire, et je juge cela très regrettable. Le système scolaire et mon propre système ne s'emboîtaient pas bien. Voilà pourquoi je n'étais pas très heureux d'aller à l'école. Je me suis néanmoins contraint à m'y rendre chaque jour, parce qu'il y avait dans ma classe de bons camarades et de jolies filles.

Je parle naturellement de ce qui se passait « de mon temps », alors que mes années de lycée datent de presque un demi-siècle. La situation a bien changé depuis. Le monde s'est globalisé et, avec l'introduction des ordinateurs, des appareils d'enregistrement audio ou vidéo, les méthodes éducatives se sont améliorées et sont devenues beaucoup plus pratiques. Cependant, j'ai l'impression que, dans son optique fondamentale, le système éducatif ne diffère pas vraiment de ce qu'il était alors. Pour véritablement apprendre telle ou telle langue étrangère, il semble que la seule option, aujourd'hui encore, soit d'aller dans le pays concerné. En Europe, par exemple, les jeunes en général parlent anglais couramment. Ils peuvent aussi lire des livres en anglais (les éditeurs de ces pays ont même du mal à vendre des livres anglais traduits dans leur propre langue). Mais beaucoup de jeunes Japonais ne sont toujours pas capables de parler à peu près aisément l'anglais, ni de le lire ou de l'écrire. C'est là un vrai problème. Et je pense que laisser inchangé un système éducatif aussi déséquilibré et, par ailleurs, enseigner l'anglais à l'école primaire est parfaitement inutile. Cela ne profite qu'à l'industrie éducative.

Il ne s'agit pas seulement de l'anglais (ou d'une autre langue vivante). Dans toutes les matières enseignées, le système éducatif au Japon, fondamentalement, n'a pas été pensé pour développer avec souplesse les dispositions individuelles. On ne songe aujourd'hui encore qu'à enseigner des techniques d'examen aux élèves, à les gaver de connaissances qu'ils doivent régurgiter à la lettre. Car la préoccupation majeure des parents comme des professeurs est que le plus grand nombre de lycéens réussissent à entrer dans une université. Je trouve cela tout à fait regrettable.

Du temps où j'allais à l'école, mes parents et mes maîtres m'exhortaient à étudier encore et encore. Il fallait que j'absorbe des connaissances tant que j'étais jeune, car, sinon, je le regretterais forcément quand j'aurais grandi. Je suis sorti du système scolaire, et jamais une seule fois cette pensée ne m'a effleuré. Si j'ai eu des regrets, c'était plutôt de ne pas avoir profité de ces années d'enfance pour faire davantage ce que j'aimais, au lieu d'avoir dû subir cet écœurant bourrage de crâne, totalement inutile à ma vie. Mais peut-être suis-je un cas extrême.

Quand quelque chose me plaît ou m'intéresse, je me plonge à fond dedans. Il est rare que je m'en lasse et que je m'arrête au milieu de ma tâche. Je persiste jusqu'à ce que je sois convaincu du résultat. Mais il m'est impossible de m'appliquer si la question ne m'intéresse pas. Ou, plutôt, je le fais à mon corps défendant. Aussi loin que je me souvienne, j'ai fonctionné comme ça. Si quelqu'un m'ordonnait de faire quelque chose (surtout si l'ordre venait d'en haut), je ne pouvais m'exécuter qu'avec réticence, sans conviction.

Il en est allé de même avec le sport. De l'école primaire à l'université, j'ai détesté les cours d'éducation physique. Il fallait que je supporte, et c'était un vrai crève-cœur, de me mettre en tenue de sport, de me laisser conduire sur le terrain et d'accomplir des exercices que je haïssais. Et pendant très longtemps j'ai cru moi-même que j'étais réfractaire au sport. Mais plus tard, hors de l'institution scolaire, quand je me suis mis à pratiquer volontairement un entraînement sportif, j'y ai pris bien du plaisir. « Jamais je n'aurais pensé que c'était si agréable ! » ai-je songé alors. C'était comme si mes yeux se dessillaient. C'était donc ça, le sport ! Et dire que durant toute ma scolarité on avait cherché à me le faire pratiquer sous la contrainte. Je n'en revenais pas. Bien entendu, chacun réagit à sa façon, et je ne veux pas faire de généralités. Je me demande pourtant, en poussant mon raisonnement à l'extrême, si les cours d'éducation physique à l'école n'aboutissent pas à dégoûter les élèves du sport.

On classe quelquefois les hommes selon qu'ils sont plutôt de type « chien » ou de type « chat ». Pour ma part, je suis résolument « chat ». Et dès que quelqu'un me demande d'aller à droite, je m'empresse de me diriger vers la gauche. Il m'arrive quelquefois de regretter cette attitude, mais c'est ma nature, pour le meilleur ou pour le pire. Et les hommes ont tous un tempérament qui leur est propre. Mais le système éducatif japonais que j'ai expérimenté n'est que trop porté, je pense, à favoriser le type « chien », utile à la communauté. Il finit même parfois par aller au-delà de son objectif et par promouvoir un type « mouton », entièrement dévoué aux intérêts du groupe.

Cette tendance existe dans l'ensemble de la société japonaise, au cœur de laquelle on trouve non seulement l'école, mais aussi les entreprises et l'administration. Et la rigidité de ce système, qui s'appuie avant tout sur des évaluations chiffrées, associée à l'efficacité immédiate du « par cœur mécanique », engendre de sérieux dommages dans différents domaines. À certaines époques, cet « utilitarisme » a probablement bien fonctionné. Tant que les objectifs de la société dans son ensemble étaient clairs – en avant, en avant ! –, cela avait sans doute du sens. Mais une fois que la reconstruction de l'après-guerre s'est achevée, que la période de haute croissance s'est mise à appartenir au passé, que la bulle économique a bel et bien volé en éclats, un système social qui prétendait « Nous qui sommes tous sur le même bateau, avançons ensemble vers les mêmes objectifs », ce système-là avait clairement fait son temps. Après quoi notre horizon ne nous a plus découvert le moindre cap commun.

Bien entendu, il serait gênant que le monde soit exclusivement peuplé de gens au caractère aussi égoïste que le mien. Mais, pour reprendre l'exemple déjà employé, il faut pouvoir, dans une cuisine, utiliser à la fois une grande et une petite bouilloire. Selon ses besoins. De même, il faut savoir utiliser les connaissances humaines à bon escient. Ou selon le sens commun. C'est seulement en combinant des mentalités et des visions du monde différentes qu'une société peut fonctionner harmonieusement et se montrer efficace, dans le bon sens du terme. Je schématise, mais on pourrait ainsi parvenir à un « raffinement du système ».

Naturellement, toutes les sociétés ont besoin de consensus. Sinon, elles n'existent pas. En même temps, il faut pouvoir, dans une certaine mesure, accepter les points de vue minoritaires situés en dehors de ce consensus. Ou alors les reconnaître, les considérer. Dans une société évoluée, cet équilibre est un facteur essentiel. C'est ce qui lui assure de la profondeur, de l'épaisseur, de l'intériorité. Mais pour ce que l'on en voit, il ne semble pas que le Japon d'aujourd'hui se dirige dans cette direction.

Prenons l'exemple de l'accident nucléaire de Fukushima, en mars 2011. Au vu des informations, on en arrivait inéluctablement à la sombre conclusion qu'il s'agissait d'une catastrophe inévitable (un désastre provoqué par les hommes) entraînée par le système social japonais lui-même. Je suppose que la plupart d'entre vous partagent entièrement ce point de vue.

Des dizaines de milliers de personnes ont perdu leur foyer, et il n'y a aucune chance qu'elles puissent un jour y revenir. Tout cela est terriblement affligeant. À examiner les circonstances immédiates, on s'aperçoit qu'il y a eu conjonction de plusieurs hasards malheureux qui ont abouti à une catastrophe naturelle difficilement envisageable. Pourtant, si cette catastrophe a atteint un tel degré de tragique, cela tient, à mon sens, à une défaillance structurelle de notre système, qui favorise l'absence de responsabilité, le manque de jugement. L'efficacité mal comprise fait perdre toute représentation de la souffrance des autres, qui n'est même jamais posée comme une hypothèse.

Tout ce qui a compté, c'était l'« efficacité économique », et la politique nationale a imposé le développement de l'énergie nucléaire. Pour ce faire, les risques potentiels ont été délibérément cachés au public (et bien souvent aussi les risques ayant toutes les chances de se concrétiser). Maintenant, nous en payons la note. À présent que l'on y voit plus clair sur notre modèle de société imprégné jusqu'à la racine de cette idéologie pernicieuse du « En avant, en avant ! », sommes-nous bien conscients que nous risquons de voir se reproduire les mêmes tragédies tant que nous ne changerons rien à notre système ?

Il y a peut-être une part de vérité dans le fait qu'un pays comme le Japon, qui ne dispose pas de matières premières, ne peut se passer de l'énergie nucléaire. Je suis moi-même fondamentalement opposé à l'énergie nucléaire, mais il y a *peut-être* matière à discussion sous certaines conditions, notamment si les centrales sont contrôlées par des employés dignes de confiance, qu'elles sont surveillées par des organismes indépendants et qu'on informe le public en toute transparence. Néanmoins, les centrales nucléaires portent en elles la potentialité de causer des dommages mortels et exposent à la destruction des régions entières (comme cela a réellement été le cas à Tchernobyl). Quand elles sont gérées avec des visées essentiellement lucratives qui promulguent l'« efficacité » comme priorité et qu'elles sont dirigées ou surveillées par une bureaucratie hiérarchisée totalement dénuée de compassion vis-à-vis des hommes, les risques sont alors effrayants. Parmi les conséquences possibles, un sol contaminé, une nature altérée, des hommes et des femmes souffrant de graves dommages physiques, un État qui aura perdu la confiance de son peuple, de nombreux citoyens dépossédés de leur environnement spécifique. Tout cela s'est *réellement* produit à Fukushima.

Je me suis un peu écarté du sujet, mais je voulais dire que les contradictions du système éducatif japonais sont étroitement liées à celles de notre société. Ou l'inverse peut-être. En tout cas, nous en sommes arrivés au point où il nous reste fort peu de temps pour les résoudre.

Revenons à la question de l'école.

Lorsque j'étais scolarisé, entre le milieu des années 1950 et la fin des années 1960, le harcèlement et la phobie scolaire n'étaient pas une question aussi préoccupante qu'aujourd'hui. Bien sûr, à cette époque, l'école ou le système éducatif n'étaient pas exempts de problèmes (il y en avait beaucoup, je pense), mais pour ma part je n'ai pas rencontré de cas de ce genre dans mon entourage immédiat. Peut-être y en a-t-il eu quelques-uns, mais ils prenaient alors une forme bien moins grave.

Peut-être faut-il y voir un rapport avec les temps d'après-guerre, où le pays tout entier était encore relativement pauvre et où nous avions, je crois, des objectifs clairs, à savoir la « reconstruction » et le

« développement ». Des problèmes et des contradictions existaient, certes, mais l'atmosphère était fondamentalement positive. Et sans doute cette attitude constructive partout présente opérait-elle aussi chez les enfants, même à leur insu. Je pense que, dans le monde des enfants, la vie quotidienne n'était pas travaillée à cette époque par un esprit négatif. « Si on tient bon, les problèmes et les contradictions disparaîtront bientôt ! » Telle était la conception optimiste qui prévalait alors. Et c'est ainsi que, même si je n'aimais pas tellement l'école, je devais évidemment y aller, ce que je faisais à peu près sérieusement.

Aujourd'hui, cependant, rares sont les jours où ces questions ne sont pas évoquées dans les journaux, les revues, à la télévision. Le harcèlement, la phobie scolaire sont devenus de grands problèmes de société. Un nombre non négligeable d'enfants victimes de harcèlement se sont suicidés. Ce phénomène ne peut être qualifié que de tragique. Toutes sortes d'opinions ont été exposées sur ce sujet, toutes sortes de mesures sociales ont été prises, mais il ne semble pas que l'on soit parvenu à enrayer cette tendance.

Pourtant, les élèves ne subissent pas de la persécution seulement de la part de leurs camarades. Les professeurs aussi sont parfois à l'origine de ces graves problèmes. Comme en témoigne cette affaire, déjà assez ancienne, dans une école de Kōbe. À la première sonnerie indiquant le début des cours, un enseignant avait fermé la lourde porte d'entrée de l'établissement avec tant de violence qu'une élève s'était retrouvée coincée et avait perdu la vie. L'enseignant avait tenté de se justifier, arguant que les retards des élèves, ces derniers temps, étaient de plus en plus fréquents. Il n'est évidemment pas question de féliciter un élève pour ses retards. Mais peut-on vraiment mettre en balance un retard et la vie d'une enfant ?

Dans la tête de cet enseignant, l'absence de ponctualité était devenue une sorte d'idée fixe et avait pris des proportions si insensées qu'il en avait perdu toute mesure. Avoir le sens de la mesure, n'est-ce pas pourtant une des qualités les plus précieuses que l'on attend d'un enseignant ? Un journal avait publié le commentaire suivant : « Ce n'est arrivé que parce que c'est un bon enseignant, qui prend son métier à cœur. » Que quelqu'un dise cela – qu'il puisse le dire – est également le signe d'un grave déséquilibre. Que fait-on de cette fillette morte dans ces conditions horribles, de la douleur de ses proches ?

Métaphoriquement parlant, on peut imaginer que des élèves soient écrasés par la pression scolaire, mais que, dans la réalité, une enfant puisse mourir en ayant été écrasée par la porte de son école, c'est quelque chose qui va bien au-delà de mon imagination.

Les symptômes morbides de cet établissement scolaire (je crois qu'il faut les qualifier ainsi) sont seulement le reflet, bien entendu, des symptômes morbides de notre système social. Ces symptômes auraient pu être surmontés malgré tout en dépit des défaillances du système, si la société dans son ensemble avait été animée par une énergie naturelle et si elle s'était fixé des objectifs. Mais, quand une société a perdu son élan, quand on se sent dans l'impossibilité d'agir face à divers blocages, c'est dans le champ éducatif que l'on en voit les effets les plus manifestes, les plus violents. À l'école, dans les salles de classe. Car les enfants, comme les canaris dans une galerie de mine, sont des êtres dont la sensibilité très délicate détecte immédiatement une atmosphère polluée.

Dans mon enfance, notre société avait encore matière à se développer. Il existait un espace susceptible d'absorber les conflits entre les individus et le système. Du coup, les antagonismes ne se transformaient pas en graves problèmes sociaux. La société était encore en mouvement, ce qui lui permettait d'encaisser toutes les frustrations ou contradictions latentes. Autrement dit, il y avait ici ou là des trouées ou des interstices dans lesquels on pouvait se réfugier quand on était en difficulté. Mais à présent que l'époque de la forte croissance est révolue, tout comme celle de la bulle économique, ce genre de niche n'existe plus. Se laisser aller dans le grand flot général ne résout rien non plus.

Cette absence de « refuges » nous contraint à élaborer de nouvelles manières de régler les inquiétants problèmes posés par notre système éducatif. Ou, pour le dire dans le bon ordre : il nous faut d'abord créer les espaces dans lesquels nous pourrons découvrir de nouvelles méthodes.

De quels espaces s'agirait-il ?

De lieux où, dans un libre va-et-vient entre individus et système, chacun pourrait trouver les points de contact les plus efficaces pour négocier en toute sérénité. Des espaces où les individus pourraient s'épanouir et respirer librement. Loin du système bureaucratique, de la hiérarchie, de l'efficacité toute-puissante, du harcèlement. Des sortes d'abris temporaires, chauds et accueillants, dans lesquels on pourrait entrer et sortir en toute liberté. Où individus et communauté se rencontreraient en dehors de toute contrainte. Où serait laissée à l'appréciation de chacun la position qu'il occuperait. Ces espaces, j'aimerais les désigner comme des « abris de rétablissement individuel ».

Un petit espace serait suffisant au début. Nul besoin

qu'il soit très vaste. Un tout petit, pour ainsi dire fait main, ce serait parfait. On pourrait réellement expérimenter plusieurs modèles et finir par élaborer un prototype réussi. Tout cela demandera sans doute du temps, mais ce type d'approche paraît la meilleure, la plus logique. Il serait bon que ce genre de lieu essaime partout, de manière libre et spontanée.

Le danger serait que le ministère de la Culture ou autre instance similaire se mêle de tout piloter d'en haut. Car vouloir résoudre les problèmes de « rétablissement individuel » grâce à l'État, de manière institutionnelle, reviendrait en somme à mettre la charrue avant les bœufs. Une sorte de farce.

C'est très personnel mais, quand je repense aujourd'hui à l'époque où je fréquentais l'école, ce qui m'a sauvé alors, c'est sûrement d'avoir eu de très bons amis et d'avoir lu quantité de livres.

Les livres, et en fait tout ce qui était imprimé, je les déversais en moi comme si je les jetais à la pelle dans un four incandescent et puis, chaque jour, j'engloutissais et m'employais à digérer un ouvrage, puis un autre (en trop grande quantité, sans doute, pour digérer correctement). Je n'avais presque aucune disponibilité mentale pour d'autres activités. Mais je me dis parfois que c'était peut-être un bien. Parce que si j'avais vraiment regardé mon environnement, réfléchi sérieusement à ce qui s'y trouvait d'artificiel, de contradictoire, de trompeur, si j'avais tenté de m'attaquer de front à des choses que je ne pouvais appréhender, j'aurais peut-être abouti à une impasse, j'aurais peut-être fini par broyer du noir.

Tandis qu'au travers de tous ces livres que je dévorais ma vision du monde se retrouvait comme relativisée

– et c'est la raison pour laquelle ces années d'adolescence ont eu une grande signification –, j'éprouvais les sentiments décrits dans mes livres, en imagination, je voyageais librement dans le temps et l'espace, je percevais toutes sortes de paysages étonnants, et grâce à tous ces vocables différents qui me traversaient, je pouvais développer des points de vue quelque peu complexes. Je ne considérais plus le monde uniquement à partir de la position que j'occupais, mais j'étais en mesure d'embrasser une perspective plus large, de le voir en somme de manière plus objective.

Lorsqu'on regarde les choses uniquement de son angle personnel, c'est comme si le monde mijotait dans son propre jus. Le corps se raidit, le jeu de jambes s'alourdit, la mobilité en pâtit. Mais, si vous réussissez à adopter divers points de vue, si vous vous en remettez à un autre système de pensée, le monde prendra du relief, de la souplesse. Je considère que c'est une attitude très avisée pour nous, humains. Ce que j'ai appris au travers de mes lectures a constitué une riche moisson.

S'il n'y avait pas eu les livres, si je n'en avais pas lu autant, mon existence aurait sans doute été beaucoup plus froide, beaucoup plus pauvre. C'est la lecture, au fond, qui a été ma principale école. Une école sur mesure, personnalisée, spécialement bâtie et organisée pour moi, et grâce à laquelle j'ai fait de nombreuses expériences décisives. Là, pas de règles contraignantes, pas d'évaluations notées, pas de combat sans merci pour une place dans le classement. Bien entendu, pas de harcèlement non plus. Même si je faisais partie du grand « système », j'avais la garantie d'appartenir aussi à cet autre « système », celui qui m'était propre.

L'image de ces niches que j'appelle des « abris de

rétablissement individuel » s'en rapproche. Toutefois, cela ne doit pas se limiter à la lecture. Si les nombreux élèves incapables de se plier au système scolaire actuel ou qui ne montrent aucun intérêt pour l'étude en classe disposaient de ces « refuges », adaptés à leurs besoins, ils pourraient vaincre aisément les « murs du système ». Il faudrait que ces espaces leur offrent des contenus appropriés et leur permettent de développer leurs potentialités, à leur rythme. Mais il serait indispensable aussi d'avoir le soutien de la communauté ou de la famille pour comprendre et évaluer l'état d'esprit de ces élèves, leur manière d'être individuelle.

Comme mes parents étaient tous deux professeurs de japonais (ma mère s'est cependant arrêtée de travailler après son mariage), jamais je n'ai eu de leur part la moindre remontrance à propos de ma passion pour la lecture. Même si mes résultats scolaires ne les satisfaisaient pas vraiment, ils ne m'ont jamais demandé de cesser de lire pour mieux travailler en classe. Ou, s'ils l'ont fait, c'était chose rare, et je ne m'en souviens pas. Je leur en suis très reconnaissant.

Je le répète : je n'ai trouvé aucun plaisir à l'école en tant que telle, dans son cadre institutionnel. Qu'importe si j'ai eu de nombreux professeurs remarquables, ou si j'ai pu tout de même acquérir de nombreuses notions importantes, tout cela n'a pas compensé l'ennui pesant qui régnait dans la plupart des cours. À la fin de mes études, ce voyage au bout de l'ennui était si accablant que je pensais en avoir goûté largement pour toute ma vie. Mais non, car s'il ne tombe pas du ciel, implacablement, l'ennui féroce jaillira de la terre. Ceux qui ne peuvent s'empêcher d'aimer l'école et qui sont tristes quand ils ne peuvent pas y aller deviennent rarement des écrivains. Car, très tôt, les écrivains sont capables de créer dans leur tête leur propre monde. Moi non plus, je crois, je n'écoutais pas grand-chose pendant les cours, j'étais constamment plongé dans toutes sortes de rêveries. Si j'étais élève aujourd'hui, sans doute ne pourrais-je pas me plier à ce système ; je serais un « décrocheur ». Mais à mon époque, par bonheur – ou par malheur –, ce phénomène n'était pas encore en usage. Il ne me serait tout simplement jamais venu à l'esprit de ne pas aller à l'école.

À chaque époque, partout dans le monde, l'imagination est essentielle. À l'extrême opposé se situe l'« efficacité ». En définitive, c'est la poursuite effrénée de l'efficacité qui a chassé de leurs foyers des dizaines de milliers de personnes à Fukushima. L'idée selon laquelle « le nucléaire est une source d'énergie très efficace, et par conséquent bonne », puis le mythe bâti par la suite de sa « sécurité », c'est ce qui a conduit notre pays à cette situation tragique, à cette catastrophe irrémédiable. Que l'on peut à juste titre décrire comme une défaite de notre imagination. Mais il n'est pas encore trop tard. Pour résister à cette « efficacité » à courte vue, lourde de dangers, l'individu doit se constituer un « pivot » sur lequel reposerait une pleine liberté de pensée et d'imagination. Et il doit ensuite l'étendre, le connecter à toute la communauté.

Cela ne signifie pas que j'aimerais que l'on mette l'imagination à l'avant-poste du système scolaire. Non. L'imagination appartient aux enfants eux-mêmes et pas aux professeurs ou aux divers établissements éducatifs. Et sûrement pas aux principes d'éducation de l'État ou de telle ou telle collectivité. Tous les enfants n'ont pas une riche imagination. Et, de même que certains courent plus vite que d'autres, quelques-uns sont gratifiés d'une imagination exubérante, d'autres non. Ces derniers possèdent sans doute d'autres talents. Évidemment. La société est ainsi faite. Mais si l'on voulait que le développement de l'imagination des enfants se transforme en « objectif » bien déterminé, le résultat risquerait d'être plutôt curieux.

J'espère seulement pour l'école que l'imagination, apanage de quelques enfants, ne soit pas étouffée. Cela me suffirait. Et j'aimerais que tous aient un espace où leur individualité serait préservée. L'école serait alors un lieu bien plus plein, bien plus libre. La société aussi en serait elle-même plus pleine, plus libre.

Telle est ma réflexion de romancier. Va-t-elle pour autant changer les choses ?

9

Quelle sorte de personnages ai-je envie de faire apparaître ?

On m'a souvent demandé si mes personnages étaient bâtis sur le modèle d'hommes ou de femmes réels. Je réponds qu'en général, non, ce n'est pas le cas. Ou alors parfois, mais en partie seulement. Avec le recul et après un assez grand nombre de romans, je constate qu'il ne m'est arrivé que deux ou trois fois de m'inspirer de telle personne pour créer un de mes personnages. Que l'on risque de reconnaître le modèle et que cela puisse déplaire – en particulier à l'intéressé lui-même – me gênait. Je n'ai utilisé ce procédé que pour des personnages secondaires et, heureusement, je n'ai jamais eu d'observation à ce sujet. Si je m'étais inspiré de personnes réelles, j'avais pris grand soin de procéder à des modifications importantes, de sorte que leur entourage ne les avait pas reconnues, pas plus, sans doute, qu'elles-mêmes.

Il est au contraire bien plus fréquent que les lecteurs se persuadent que tel personnage, qui sort entièrement de mon imagination, ait pour modèle un homme ou une femme de la vie réelle. Parfois même, quelqu'un croit se reconnaître dans un de mes personnages. Somerset Maugham a raconté sa perplexité lorsqu'un parfait inconnu, quelqu'un dont il ignorait même le nom, l'avait poursuivi en justice au prétexte qu'il avait été pris pour modèle dans un de ses romans. Les personnages de Somerset Maugham sont très vivants, ils sont décrits avec beaucoup de précision, sur un ton parfois féroce (ou plutôt, sarcastique). Il est possible qu'à la lecture d'un de ces portraits à charge la personne en question ait eu le sentiment d'avoir été personnellement critiquée ou ridiculisée, ce qui expliquerait sa réaction violente.

Dans mes romans, la plupart du temps, les personnages se développent naturellement dans le cours même de l'histoire. À part quelques rares exceptions, je ne décide jamais à l'avance de faire naître tel personnage particulier. Au fur et à mesure que j'écris se dessine spontanément une sorte d'esquisse du personnage à venir, à laquelle des détails variés viendront s'ajouter petit à petit. Un peu comme la limaille de fer s'accroche à un aimant. C'est de cette façon que finit par prendre forme la totalité de sa représentation. Après coup, il m'arrive souvent de me dire : « Ah, tiens, ce détail ressemble un peu à un tel (ou une telle) ! » Mais ce n'est jamais prémédité. Tout se passe au contraire sur un mode quasi automatique. Je puise presque inconsciemment dans les tiroirs de mon cerveau des fragments de matériaux que j'assemble autour des personnages.

Ce processus, je l'appelle « mon petit automate ». En général, j'utilise une voiture avec boîte de vitesses manuelle, mais, quand il m'arrive d'en conduire une automatique, j'ai l'impression que dans la boîte loge une foule de petits assistants, qui se relaient, à tour de rôle, pour passer les vitesses. Et j'éprouve la crainte diffuse que ces créatures ne se disent : « Ah, mais on est fatigués de se décarcasser pour les autres. À partir d'aujourd'hui, on arrête ! » Qu'elles aillent jusqu'à se mettre en grève et qu'elles me laissent en plan au milieu de la route.

Ma petite histoire vous fait sourire, j'imagine, mais j'ai vraiment la sensation qu'existent en moi, dans les profondeurs de l'inconscient, des miniautomates qui travaillent sans relâche (en rouspétant aussi parfois) à faire émerger mes personnages. Moi, je rédige le texte. Bien entendu, ce que j'ai écrit alors ne constitue pas tel quel un roman. Il me faut ensuite le corriger, le modifier à plusieurs reprises. Ce travail de réécriture se fait d'une manière beaucoup plus consciente, plus logique. Mais la formation du prototype s'effectue à un niveau inconscient, intuitif. Comme il se doit. Car, sinon, le risque est de créer des personnages artificiels, dépourvus de vie. Voilà pourquoi il convient de s'en remettre aux « petits automates » pour le processus premier.

De la même façon qu'il faut avoir lu beaucoup de romans pour pouvoir en écrire, pour pouvoir représenter des hommes et des femmes, il faut en avoir connu beaucoup.

Pour autant, « connaître » ne veut pas dire qu'il serait nécessaire de les « comprendre ». Il sera suffisant de noter ce que l'on aura constaté de leur apparence et des caractéristiques de leur comportement en un simple coup d'œil. L'important, c'est d'observer le plus objectivement possible aussi bien les hommes et les femmes qui vous plaisent que ceux qui vous déplaisent, et bien sûr également ceux et celles que vous ne supportez pas. Si vous ne faisiez apparaître que des personnages inspirés de gens que vous aimez, que vous comprenez bien, avec qui vous avez des relations, le roman, à long terme, manquerait de largeur de vue. C'est seulement si vous permettez la rencontre de différents types d'humanité, de personnages dont les conduites sont variées et étonnantes, que la situation se met à évoluer et que l'histoire peut avancer. Même quand je trouve quelqu'un insupportable dès le premier regard, je ne m'autorise pas à lui tourner le dos. Je m'efforce au contraire de garder en mémoire ce que je juge détestable en lui et la raison pour laquelle il m'exaspère autant.

Il y a très longtemps – je devais avoir dans les trente-cinq ans –, quelqu'un m'a fait remarquer qu'il n'y avait pas de méchants dans mes romans. (J'ai appris plus tard que Kurt Vonnegut avait entendu la même observation de la bouche de son père.) Après y avoir réfléchi, j'ai estimé que ce constat était juste et je me suis astreint à introduire des personnages négatifs dans mes fictions. Mais cela n'a pas marché comme je le souhaitais. Parce qu'à cette époque j'étais davantage préoccupé, d'un point de vue affectif, de construire un monde personnel et, je dirais, harmonieux, plutôt que de mettre en marche des grandes histoires. J'avais besoin de me garantir d'abord un monde sûr, qui me serait propre, qui serait pour moi un refuge face aux dures réalités.

En prenant de l'âge – arrivé à une certaine maturité comme homme et comme écrivain –, j'ai réussi, peu à peu, à mettre en scène des personnages négatifs ou discordants. Pour quelles raisons y suis-je parvenu ? Au début s'était imposée à moi la lourde tâche de trouver la forme qui permette à mon monde romanesque de fonctionner à peu près. Dans une seconde phase, il m'a fallu élargir, approfondir ce monde, lui insuffler plus de dynamisme. Pour ce faire, je devais créer une plus grande variété de personnages et amplifier leur marge de manœuvre. J'en étais venu à penser qu'il s'agissait d'une évolution indispensable.

En outre, la vie m'avait fait passer par toutes sortes d'expériences – comment aurait-il pu en être autrement ? Quand à trente ans on devient un vrai écrivain, quand on est considéré comme une célébrité, que cela vous plaise ou non, vous subissez de plein fouet la pression des vents. Par tempérament, je n'aime pas beaucoup apparaître en public, mais il faut parfois forcer sa nature. Faire des choses que l'on n'aime pas faire, essuyer la déception d'être trahi par ceux que l'on croyait proches. Certains ne tarissent pas d'éloges flatteurs dans le but d'obtenir quelque chose, tandis que d'autres, sans raison – du moins, à mon sens –, vous abreuvent d'insultes. On vous dit n'importe quoi, du vrai et du faux. Et puis, il vous est donné de voir des bizarreries que vous n'auriez jamais imaginées.

Chaque fois que j'étais confronté à ces incidents fâcheux, je prenais soin d'observer précisément l'aspect et le comportement de tous ceux qui y étaient impliqués. Car si vous devez subir ces désagréments, qu'au moins vous en tiriez profit. (À quelque chose malheur est bon !) Bien sûr, j'étais blessé, déprimé, mais je sais désormais que ce genre d'expérience a nourri mon travail d'écrivain. D'autres épisodes ont dû être agréables, joyeux, mais pour une raison ou une autre ces expériences ingrates sont celles dont je me souviens le mieux. Celles que j'aimerais pourtant oublier. Peut-être parce que c'est d'elles que j'ai le plus appris.

En y réfléchissant, je m'aperçois que mes romans préférés sont ceux où il y a de nombreux personnages secondaires intéressants. Et en particulier dans celui qui me vient en tête immédiatement, *Les Démons*, de Dostoïevski. Tous ceux qui l'ont lu savent à quel point il abonde en figures accessoires absolument étonnantes. Même si le texte est très long, jamais l'intérêt du lecteur ne s'émousse. Défile une galerie de personnages dont on se demande « Mais d'où il sort, celui-là ? », des figures hautes en couleur, extrêmement étranges. Dostoïevski devait sûrement posséder d'innombrables tiroirs dans son cerveau.

Dans la littérature japonaise, les romans de Natsume Sōseki regorgent de personnages très variés et tout à fait séduisants. Même ceux qui ne font qu'une courte apparition débordent de vie, ils ont une présence particulière. La moindre parole ou le plus petit geste ont l'étrange pouvoir de rester dans le cœur du lecteur. Ce que j'ai toujours admiré chez lui, c'est que ses personnages apparaissent parce qu'ils sont nécessaires, jamais comme des palliatifs. Ses romans ne sont pas des œuvres cérébrales. Ils sont pleins de sensualité. Chacune de ses phrases, il l'a écrite, pourrait-on dire, « avec ses tripes ». On peut lire ses romans en toute confiance. En toute sécurité.

Lorsque j'écris des romans, si je le décide, je peux devenir n'importe qui : une sensation des plus enivrantes, je trouve.

Quand j'ai commencé à écrire, j'ai utilisé le pronom personnel (première personne) *boku*[1], et j'ai conservé cette habitude durant une vingtaine d'années. Pour les

1. *Boku* (prononciation, « bokou ») est un pronom personnel que l'on traduit par « je » et qui est surtout utilisé par les jeunes garçons ou les jeunes hommes dans la vie courante. En littérature, on utilise plutôt un pronom personnel plus formel, comme *watashi*.

nouvelles, j'ai cependant utilisé parfois le pronom de la troisième personne (il, ou elle), mais pour les romans je m'en suis tenu au *boku*. Bien entendu, cela ne veut pas dire que *boku* serait Haruki Murakami. (Pas plus que Philip Marlowe n'est Raymond Chandler.) Même si, dans chacun de mes romans, ce pronom *boku* est attaché à des personnages différents, il faut admettre que, lorsqu'on écrit constamment à la première personne, la frontière entre le *je* réel et le *je* du personnage est parfois assez floue – aussi bien pour l'auteur que pour le lecteur.

Au début, ce n'était pourtant pas un problème parce que j'avais l'intention de me servir de ce *je* imaginaire comme d'un point d'appui pour créer et amplifier l'univers de mon roman. Mais, petit à petit, j'ai eu le sentiment que cela ne me convenait plus. En particulier quand je me suis mis à écrire des romans très longs, j'ai ressenti ce *boku* comme trop étroit, oppressant. Dans *La Fin des temps*, j'ai utilisé alternativement les deux pronoms *boku* et *watashi* un chapitre sur deux, dans une tentative de trouver une solution à ce problème.

Le dernier roman dans lequel j'ai utilisé exclusivement le pronom de la première personne a été *Chroniques de l'oiseau à ressort* (1994-1995). Mais il devenait de plus en plus difficile de raconter une histoire uniquement à partir du point de vue d'un *je*, et j'ai essayé ici ou là de surmonter cet obstacle grâce à diverses techniques romanesques. Par exemple, j'ai introduit des récits racontés par d'autres personnages, de longues lettres, etc., afin de briser les limites structurelles de la première personne. Néanmoins, il restait des passages où ces limites se faisaient sentir. Aussi, dans le roman suivant, *Kafka sur le rivage* (2002), la moitié de l'histoire est-elle racontée à la troisième personne. Les chapitres concernant le jeune Kafka sont rédigés comme à mon habitude avec le pronom *boku*, mais les autres sont racontés à la troisième personne. Ce compromis, même s'il ne s'appliquait qu'à la moitié du texte, m'a permis, je crois, de donner au roman plus de profondeur. Tout du moins, j'ai eu le sentiment, en l'écrivant, d'être parvenu à une liberté technique bien plus grande qu'à l'époque des *Chroniques de l'oiseau à ressort*.

Le recueil de nouvelles que j'ai ensuite écrit[1] ainsi que le court roman *Le Passage de la nuit* sont entièrement à la troisième personne. Dans tous ces textes brefs, j'ai voulu m'assurer que je maîtrisais bien ce procédé. Un peu comme si je venais d'acheter une voiture de sport et que je l'essayais sur une route de montagne pour être sûr que je sentais bien ses différentes fonctions.

Avec le recul, je m'aperçois qu'il m'a fallu presque vingt ans pour m'éloigner du récit à la première personne et pour être capable d'écrire un roman à la troisième personne. C'est long, vingt ans.

Pourquoi ai-je eu besoin de tout ce temps ? Je ne le sais pas moi-même très précisément. Peut-être parce que j'étais tout à fait habitué, physiquement et mentalement, à ce mode d'écriture. Il m'a donc fallu du temps pour opérer ce virage. Disons, avec une certaine emphase, qu'il s'est peut-être plus agi pour moi d'un changement radical de perspective que d'un simple changement de pronom personnel.

1. *Histoires étranges de Tokyo*. Les cinq nouvelles qui composent ce recueil sont regroupées à la fin de *Saules aveugles, femme endormie*.

Mon tempérament me pousse à la lenteur : pour tout, j'ai besoin de temps. Par exemple, pendant très longtemps, je n'ai pas pu donner de noms à mes personnages. Des pseudo-appellations comme « le Rat », ou « J. », cela me convenait encore, mais de véritables noms, je ne pouvais m'y résoudre. Pourquoi ? Je l'ignore. Je peux seulement dire que je le ressentais comme éprouvant. J'ai du mal à l'expliquer mais il me semblait qu'imposer de façon arbitraire des noms (même à des personnages imaginaires que j'avais entièrement créés), ce n'était pas bien. Il n'est pas impossible que l'acte même d'écrire un roman, au début, ait eu pour moi quelque chose d'embarrassant. Car écrire un roman, c'est comme mettre son cœur à nu devant les autres, et c'est extrêmement gênant.

C'est à partir du roman *La Ballade de l'impossible* (1987) que mes personnages principaux portent des noms. En somme, durant les huit années précédentes, j'avais écrit des textes à la première personne, sans nommer les personnages. Je m'étais donc astreint à un système très restrictif et compliqué, mais à cette époque cela ne m'ennuyait pas. C'était comme ça, voilà tout.

Pourtant, plus mes romans gagnaient en ampleur et en complexité, plus je ressentais combien l'absence de noms chez mes personnages me limitait. Et, avec leur nombre qui augmentait, il devenait impossible de s'y retrouver. Je me suis donc résigné et, quand j'ai écrit *La Ballade de l'impossible*, j'ai décidé de nommer les personnages. Cela n'a pas été simple, mais je me suis dit : « Ferme les yeux, et vas-y ! » Par la suite, il m'a été plus facile de nommer les personnages. Aujourd'hui, j'y parviens sans effort. Avec *L'Incolore Tsukuru Tazaki et ses années de pèlerinage*, le nom du héros apparaît même dans le titre. Et dès que j'ai appelé l'héroïne de *1Q84* Aomamé, l'histoire a progressé à grands pas. En ce sens, les noms sont devenus un facteur très important pour mes romans.

Chaque fois que j'entame un nouveau roman, je me fixe ainsi un ou deux objectifs concrets – en général, des objectifs techniques, bien visibles – auxquels je vais m'attaquer. J'aime cette façon d'écrire. Lorsque je trouve des solutions à des questions jusqu'alors insolubles, cela me donne la sensation effective de m'affermir petit à petit comme écrivain. Un peu comme si je grimpais sur une échelle un barreau après l'autre. Ce qu'il y a de magnifique chez un romancier, c'est qu'il a encore la possibilité, à cinquante ou à soixante ans, de se développer et de se renouveler. Il n'y a aucune limite d'âge. Ce n'est pas comme chez les sportifs.

Grâce à l'utilisation de la troisième personne, à la multiplication du nombre de mes personnages et au fait que tous aient été pourvus d'un nom, mes romans ont vu leur potentiel s'amplifier. J'ai réussi à donner à mes personnages des couleurs différentes, à leur faire endosser toutes sortes d'opinions et de points de vue, et je les ai décrits dans toute leur diversité. Mais le plus merveilleux, c'est qu'au fond je pouvais être n'importe lequel d'entre eux. Lorsque j'écrivais à la première personne, j'avais déjà cette sensation, mais à la troisième personne, le choix était d'un seul coup bien plus large.

Quand j'écris à la première personne, le plus souvent, je considère le *je* du personnage (ou du narrateur) comme une possibilité d'extension du *soi*. *Boku* n'est pas « mon véritable moi », mais si je modifie le lieu et le temps, d'une certaine façon, il est peut-être à mon image. Cette ramification est une manière de me diviser moi-même. Et, tout en me divisant et en me projetant dans l'histoire, j'analyse les personnages que je suis et j'explore les points de contact entre moi et les autres – ou bien entre moi et le monde. Au début de ma carrière, cette technique d'écriture m'a tout à fait convenu. Et nombre de mes romans favoris sont écrits à la première personne.

Par exemple, *Gatsby le Magnifique*, de F. Scott Fitzgerald. Le héros de ce roman est Jay Gatsby, mais le narrateur, de bout en bout, est un jeune homme, Nick Carraway. Grâce à des déplacements subtils mais dramatiques dans la relation entre le *je* narrateur (Nick) et Gatsby, Fitzgerald parle de sa propre situation. Un point de vue qui donne de la profondeur à l'histoire.

Pourtant, le fait que l'histoire soit racontée du point de vue de Nick signifie aussi que le roman est soumis à une contrainte d'ordre pratique. Cela rend difficile, en effet, d'évoquer dans le récit des événements qui se produisent loin du regard de Nick. Fitzgerald a mobilisé toutes les ressources possibles, tous les procédés narratifs ou romanesques pour s'affranchir habilement de cette contrainte. Ce qui nous donne assurément un roman du plus haut intérêt ; mais, bien sûr, ces techniques elles-mêmes ont des limites. Après *Gatsby le Magnifique*, Fitzgerald n'écrira plus de roman bâti sur ce modèle.

L'Attrape-cœurs de Salinger est également écrit à la première personne. C'est une œuvre magnifique, extrêmement bien agencée, mais par la suite Salinger non plus n'utilisera plus cette technique. Peut-être les deux écrivains redoutaient-ils qu'en raison de cette limitation structurelle les œuvres suivantes n'apparaissent au fond que « de la même veine », sous des aspects légèrement différents. C'est du moins ce que je suppose. Et il y a des chances qu'ils aient eu raison.

Dans les romans qui mettent en scène le détective Philip Marlowe, Raymond Chandler est parvenu à transformer l'aspect restrictif de cette contrainte en pratique familière, efficace, réussie (comme j'ai moi-même tenté de le faire à mes débuts, avec le personnage du Rat). Il est cependant fréquent, semble-t-il, que les limites imposées par l'écriture à la première personne laissent à l'auteur une sensation d'étouffement. De mon côté aussi, j'ai essayé de bousculer de toutes les façons possibles la forme du roman à la première personne, j'ai essayé de défricher de nouveaux territoires, mais avec les *Chroniques de l'oiseau à ressort* j'avais atteint mes limites.

C'est pourquoi la moitié de *Kafka sur le rivage* est écrite à la troisième personne. Mais en parallèle à l'intrigue du héros, le jeune Kafka, se déroulent les histoires de Tanaka (le vieillard étrange) et de Hoshino (le chauffeur routier légèrement brutal), ce qui m'a bien soulagé. Grâce à ce dispositif, je divisais le *je*, et en même temps je le projetais sur les autres personnages. Je pouvais ainsi reporter sur eux les différentes facettes de ce *je* divisé. L'éventail des combinaisons possibles s'en trouvait élargi d'autant. L'histoire se ramifiait, devenait plus complexe et se développait dans toutes sortes de directions.

Si je m'étais décidé plus tôt à opter pour la troisième personne, j'aurais peut-être progressé plus vite, pourrait-on penser. Mais non, en réalité, les choses ne se passent pas aussi simplement. Il faut d'abord tenir compte d'une certaine rigidité de mon caractère. Pourtant, ce n'est pas seulement ça : modifier le point de vue romanesque signifie toucher sérieusement à la construction même du roman. Pour maîtriser ce changement, il faut de l'énergie et des techniques romanesques sûres. Cela se fait par étapes, avec la situation bien en mains. Quand on se fixe un objectif sportif, il faut d'abord s'atteler à la transformation progressive de sa constitution et de sa musculature. Une transformation physique ? Cela demande des efforts et du temps.

Toujours est-il que, depuis les années 2000, la troisième personne est devenue mon nouveau véhicule ; et c'est en l'utilisant que j'ai atteint des territoires romanesques inexplorés. J'en ai éprouvé une grande délivrance. Un peu comme si en regardant par hasard autour de moi je m'apercevais que les murs qui, auparavant, se trouvaient là avaient disparu.

Les personnages sont les éléments cruciaux d'un roman, naturellement. Il faut que le romancier installe au cœur de son œuvre – ou non loin du cœur – des personnages qui sont non seulement vivants et intéressants, mais dont le comportement est plutôt imprévisible. Un roman qui mettrait en scène des personnages parfaitement compréhensibles, dont les faits et gestes seraient parfaitement compréhensibles pourrait-il vraiment attirer de nombreux lecteurs ? Bien entendu, certains apprécient les textes dans lesquels se déroulent des événements tout à fait ordinaires, eux-mêmes décrits de la façon la plus ordinaire. Moi (et c'est mon goût personnel), je n'y trouve aucun intérêt.

Outre se révéler plausibles, intéressants, relativement imprévisibles, les personnages doivent faire avancer l'histoire. Celui qui a façonné les personnages est bien entendu l'auteur, mais des personnages véritablement vivants finissent par s'éloigner de leur créateur et se mettent à agir de façon autonome. Et je ne suis pas le seul à le penser. De nombreux romanciers en conviennent volontiers. Si ce phénomène ne se produisait pas, poursuivre l'écriture d'un roman deviendrait quelque chose d'ardu, de pénible. Au contraire, quand le texte est sur la bonne voie, les personnages évoluent de leur propre chef, l'histoire progresse d'elle-même. Et le romancier se retrouve dans une situation des plus favorables : il se contente de coucher par écrit ce qui se déroule devant lui. Dans certains cas, il arrive que ces personnages prennent l'auteur par la main et le (ou la) conduisent en des lieux inattendus, complètement insoupçonnés.

Permettez-moi d'illustrer mon propos avec mon roman *L'Incolore Tsukuru Tazaki et ses années de pèlerinage*, dans lequel apparaît le personnage d'une charmante jeune femme, Sara Kimoto. À vrai dire, en commençant ce texte, j'avais l'intention d'écrire une histoire courte, d'environ soixante pages manuscrites.

Je résume l'intrigue : le héros, Tsukuru Tazaki, est originaire de Nagoya. Ses quatre amis les plus chers depuis leurs années communes de lycée lui ont fait savoir qu'ils ne le reverraient et ne lui parleraient plus jamais. Ils ne lui en ont pas expliqué la raison, et lui-même n'a pas posé de question. Il devient étudiant à Tokyo, puis il travaille dans une compagnie ferroviaire de la capitale, et le voilà arrivé à l'âge de trente-six ans. Que ses amis de lycée aient ainsi rompu avec lui sans lui fournir de motif reste une blessure profonde, qu'il garde cependant cachée au fond de lui. Il mène une vie tranquille. Tout se passe bien à son travail, son entourage le trouve sympathique, il a des petites amies. Mais il est incapable de nouer des liens profonds. Puis il rencontre Sara, de deux ans plus âgée que lui, et il entame avec elle une relation amoureuse.

Sans trop savoir pourquoi, il raconte à Sara la rupture que ses quatre amis intimes lui ont infligée. Sara réfléchit puis lui conseille de retourner très vite à Nagoya et de chercher à savoir ce qui s'est passé dix-huit ans plus tôt. « Il ne s'agit pas de voir ce que tu veux voir, mais de voir ce que tu dois voir », lui dit-elle.

En fait, jusqu'à ce que Sara ait prononcé ces mots, je n'avais pas une seule fois pensé que Tsukuru Tazaki irait rencontrer ses quatre amis. Je voulais écrire une histoire relativement courte, où l'on verrait Tsukuru Tazaki mener une vie paisible avec son secret, sans connaître la raison pour laquelle son existence avait ainsi été niée. Mais la recommandation de Sara (je me suis borné à transcrire tel quel ce qu'elle dit à Tsukuru) m'a forcé à le conduire à Nagoya et ensuite, donc, à l'envoyer en Finlande. Je me retrouvais alors avec quatre personnages que je devais faire exister. Il me fallait décrire concrètement ce qu'avait été la vie de chacun d'entre eux. Par conséquent, ce qui n'était qu'une nouvelle a pris naturellement la forme d'un roman.

En somme, ces simples paroles de Sara, en un clin d'œil, ont totalement modifié l'orientation du roman, son caractère, sa forme, sa composition. Pour moi aussi, la surprise a été de taille. Rétrospectivement, je me dis que Sara, au fond, ne s'adressait pas au personnage Tsukuru Tazaki, mais bien à moi, l'auteur. « Tu dois continuer à écrire cette histoire, parce que tu as à présent suffisamment de force pour pénétrer sur son territoire. » En un mot, Sara était peut-être aussi une projection de mon double. Elle représentait un aspect de ma conscience, qui me disait de ne pas m'arrêter au point où j'en étais arrivé et qui me demandait d'aller bien plus loin. En ce sens, *L'Incolore Tsukuru Tazaki et ses années de pèlerinage* n'est certainement pas à mes yeux une œuvre d'importance secondaire. On a beau le classer formellement dans la catégorie dite « des romans réalistes », pour ma part, je vois combien il y a de complexité et de métaphorique sous la surface de l'eau.

Les personnages de mes romans pressent l'auteur que je suis au-delà de ce dont je suis conscient, ils m'encouragent, ils me poussent dans le dos pour me forcer à avancer. Quand je travaillais sur *1Q84*, je le ressentais parfaitement en décrivant les faits et gestes d'Aomamé. C'était comme si elle faisait entrer violemment quelque chose en moi. Il est d'ailleurs plus fréquent que je sois dirigé ou poussé par des personnages féminins que masculins. J'ignore pour quelle raison.

Ce que je veux dire, c'est qu'en un certain sens, en même temps qu'un auteur crée un roman, il est lui-même partiellement créé par ce même roman.

Il arrive que l'on me demande pourquoi je n'écris pas de roman dans lequel les personnages auraient le même âge que moi. Puisque j'ai aujourd'hui soixante-cinq ans, pourquoi pas une histoire avec des hommes ou des femmes de cet âge ? Pourquoi ne pas parler de la façon de vivre de ces gens-là ? Ne serait-ce pas naturel pour un écrivain ?

C'est quelque chose que je ne comprends absolument pas. Pourquoi *faudrait-il* qu'un écrivain écrive sur des gens du même âge que lui ? En quoi serait-ce « naturel » ? Comme je l'ai noté précédemment, ce qui me rend le plus heureux dans le fait d'écrire un roman, c'est de pouvoir « devenir qui je veux ». Pourquoi devrais-je donc renoncer à ce droit merveilleux ?

Lorsque j'écrivais *Kafka sur le rivage*, j'avais un peu plus de cinquante ans, et mon héros était un jeune homme de quinze ans. Pendant tout le temps de l'écriture, je me sentais comme un jeune homme de quinze ans. Bien entendu, se « sentir » comme un jeune homme de quinze ans, ce n'est pas la même chose que l'être véritablement. Au fond, les sensations éprouvées quand j'avais quinze ans, je les transposais dans ce « présent » imaginaire. Tout au long de l'écriture de ce roman, j'ai fait revivre en moi, de manière très nette, presque telles quelles, toutes les sensations de mes quinze ans : l'air que j'avais respiré alors, ou la lumière que j'avais vue. Ces sensations cachées au tréfonds de mon être depuis si longtemps, grâce à la puissance de l'écriture, je suis parvenu à les en remonter. C'était une expérience fabuleuse. Que peut-être seuls les écrivains sont en mesure de goûter.

Mais la joie d'avoir éprouvé ce « merveilleux » ne suffit pas à donner naissance à une œuvre. Il faut la relativiser. Cette espèce de jubilation doit trouver la forme qui lui permettra d'être partagée avec les lecteurs. C'est pour cela que je mets en scène le « vieil homme », ce Nakata d'une soixantaine d'années. En un sens, lui aussi est mon double. Un reflet de moi-même. Quelque chose de moi existe en lui. Nakata et Kafka sont complémentaires et, grâce à leur interdépendance, le roman parvient à un juste équilibre. Comme auteur, c'était ce que j'avais ressenti à l'époque, et mon sentiment n'a pas changé depuis.

Il se peut qu'un jour j'écrive un roman dans lequel apparaîtra un personnage de mon âge. Pour le moment, ce n'est pas quelque chose qui me semble indispensable. Chez moi, l'idée d'un nouveau roman vient toujours très soudainement. Puis l'histoire qui en découle se construit de façon tout à fait naturelle. Comme je l'ai déjà dit, c'est l'histoire elle-même qui en fin de compte décide de l'apparition de tel ou tel personnage. Ce n'est pas moi qui y réfléchis, ou qui prends la décision. Mais moi, l'écrivain, je suis ses indications, tel un scribe fidèle.

Je suis parfois une jeune femme de vingt ans de tendance lesbienne. Parfois un homme au foyer de trente ans, chômeur. Je me glisse alors dans ces différentes chaussures qui me sont présentées et je commence à me mouvoir. Et c'est tout. Si les chaussures ne sont pas adaptées à mes pieds, mes pieds s'adapteront aux chaussures. Dans la vraie vie, ça ne marche pas comme ça, mais quand on est écrivain on trouve cela parfaitement naturel. C'est ça, la fiction. Et ce qui arrive dans la fiction est très semblable à ce qui se passe dans les rêves. Dans les rêves – aussi bien ceux que l'on fait en dormant que les rêves éveillés –, on n'a pour ainsi dire pas le choix. Je me laisse porter par le flot. Tant que je suis le courant, je peux faire, en toute liberté, des choses qui pourtant paraissent impossibles. Voilà pourquoi écrire des romans est un si grand bonheur.

C'est ce que j'aimerais répondre, chaque fois que l'on me demande pourquoi je n'écris pas de roman où je mettrais en scène un personnage de mon âge. Mais cette explication me paraît trop longue, et je ne crois pas non plus que l'on me comprendrait facilement. Alors, je m'en tire en général avec un pieux mensonge. Je souris et je lâche : « Oui, je m'y mettrai peut-être bientôt. »

Cela excepté – en dehors de ce qui apparaît ou non dans un roman –, c'est une tâche extrêmement difficile, en général, d'observer précisément et avec impartialité le « moi d'ici et de maintenant ». Ce moi en cours de formation est très malaisé à saisir. Voilà pourquoi je fais entrer mes pieds dans des chaussures de toutes tailles, qui ne sont pas les miennes, afin de procéder à une inspection générale de ce « moi d'ici et de maintenant ». Exactement comme si je mesurais sa position grâce à la trigonométrie.

Quoi qu'il en soit, et en ce qui concerne les personnages de mes romans, mon travail reste colossal. Et j'ai encore beaucoup à apprendre d'eux. J'espère continuer à mettre en scène de nombreux personnages singuliers, étranges, hauts en couleur. Quand je commence un nouveau roman, je suis toujours très enthousiaste. Et je me demande qui je rencontrerai cette fois sur mon chemin.

10

Pour qui est-ce que j'écris ?

On me demande souvent, durant des interviews, pour quel genre de lecteur j'écris. Et je suis toujours très embarrassé pour répondre. En fait, je n'ai jamais eu conscience d'écrire *pour quelqu'un*, ni à mes débuts ni aujourd'hui.

La vérité est que j'écris avant tout pour moi-même. En particulier, quand en pleine nuit, assis à la table de la cuisine, j'ai rédigé mon premier roman, *Écoute le chant du vent*, je n'ai pas pensé, pas un seul instant, qu'il pourrait trouver un public. (Vraiment !) J'écrivais surtout pour me « sentir bien ». J'avais en moi un certain nombre d'images que je voulais mettre par écrit en utilisant des mots précis, compréhensibles, associés le plus soigneusement possible pour que cela devienne un texte... Voilà tout ce que j'avais en tête. Quant à imaginer ensuite qui pourrait lire ce roman (ou ce qui y ressemblait), ou si ces lecteurs auraient de la sympathie pour ce que j'avais écrit, ou quelle sorte de message littéraire serait délivré là, c'était pousser trop loin la réflexion. Je n'avais pas le temps d'y penser. Et je ne devais d'ailleurs pas y penser. La question était tout à fait claire, ou plutôt, tout à fait simple.

Je me demande s'il n'entrait pas dans cette entreprise quelque chose comme de l'« autothérapie ». Car, peu ou prou, il y a dans tout geste créatif l'intention de se transformer soi-même. Lorsqu'on relativise son moi, que l'on adapte sa propre psyché à d'autres formes, toutes les contradictions, discordances ou autres distorsions qui se produisent inévitablement au cours d'une vie s'en trouvent dissoutes – ou sublimées. Quand tout se passe bien, on partage cette opération avec le lecteur. Au fond, de façon intuitive, j'étais peut-être alors en quête, sans en être réellement conscient, d'une espèce d'« autopurification ». C'est pourquoi, très naturellement, m'était venue l'envie d'écrire un roman.

Mais ce texte a reçu le prix des Nouveaux Auteurs décerné par une revue littéraire, il a été publié et commenté, il s'est plutôt bien vendu, et j'ai soudain été placé dans la position du « romancier » ; il me fallait bien alors reconnaître l'existence de mes lecteurs. Le fait que mes livres, avec mon nom imprimé sur la couverture, soient exposés sur les rayonnages des librairies, qu'un nombre indéterminé de personnes puisse les prendre en main et les lire, a exercé sur moi et sur mon écriture une certaine pression. Néanmoins, je ne pense pas que cela ait beaucoup changé mon attitude de principe : écrire pour me sentir heureux. Tant que j'avais du plaisir à écrire mes ouvrages, des lecteurs, très certainement, avaient aussi du plaisir à les lire. Peut-être n'étaient-ils pas très nombreux. Cela n'avait aucune importance. Il me suffisait que quelques-uns me comprennent.

Après *Écoute le chant du vent*, j'ai écrit *Flipper, 1973*, dans une humeur plutôt insouciante, optimiste, et aussi deux nouvelles : *Un cargo pour la Chine* et

Le Bon Jour pour les kangourous[1]. À cette époque, je travaillais encore, et, grâce à ces rentrées d'argent, je pouvais vivre sans trop de gêne financière. Écrire était alors pour moi une sorte de hobby.

Un célèbre critique littéraire (il est mort depuis) a éreinté mon premier roman, *Écoute le chant du vent*. « Il est fâcheux de penser qu'une chose pareille puisse être prise pour de la littérature », a-t-il écrit. À la lecture de ses remarques, je me suis seulement dit qu'après tout on pouvait voir les choses comme ça. Mais je n'ai éprouvé à son encontre ni hostilité ni colère. Dès le départ, sa conception de la littérature était très éloignée de la mienne. Par ailleurs, je ne m'étais pas une seule fois demandé si mon texte était de nature idéologique ou pas, s'il remplissait un rôle social ou non, s'il était d'avant ou d'arrière-garde, s'il s'agissait de « grande littérature » ou pas. Ce n'était pas le propos : je m'étais simplement mis à écrire parce que cela me rendait heureux. Dans *Écoute le chant du vent* apparaît le personnage d'un auteur imaginaire, Derek Hartfield, dont l'un des romans est intitulé *What's Wrong About Feeling Good?*. Cette façon de penser était alors ancrée en moi. Parce que oui, en effet, « Quel mal y a-t-il à se sentir bien ? ».

Quand j'y songe à présent, je réalise que ce point de vue était un peu trop simple, voire abrupt, mais j'étais très jeune à l'époque (j'abordais la trentaine), les vagues du mouvement étudiant se faisaient encore sentir, l'esprit de rébellion qui l'animait était resté vivace en moi. Je continuais à m'opposer à tout ce qui relevait de l'autorité ou de l'establishment. (Même si mon attitude avait un côté provocateur ou puéril, je

1. Cette nouvelle figure dans le recueil *Saules aveugles, femme endormie*.

me dis, rétrospectivement, que ses effets ont été plutôt bénéfiques.)

C'est lorsque je me suis mis à écrire *La Course au mouton sauvage* (1982) que j'ai commencé peu à peu à changer. J'ai plus ou moins compris que je risquais, comme romancier, de me retrouver dans une impasse si je persistais à écrire en vertu du seul slogan « Quel mal y a-t-il à se sentir bien ? ». Même les lecteurs qui, jusque-là, avaient apprécié la fraîcheur et l'originalité de mon style pourraient en avoir assez si je leur proposais toujours le même genre de texte. « Encore ? Ah non, ça suffit ! » Voilà les réactions auxquelles je m'exposerais. Moi-même, d'ailleurs, je pourrais bien me lasser de me répéter.

Pourtant, même si je n'avais plus envie d'écrire de cette manière, je n'étais pas capable de faire autrement. J'adoptais ce style modeste parce que je n'avais pas encore à ma disposition les techniques littéraires suffisantes pour m'attaquer de front à un roman plus élaboré. Cette forme limitée, il se trouve qu'elle avait été jugée nouvelle, fraîche. Mais, à présent que j'étais vraiment romancier, je songeais à m'essayer à une fiction qui aurait plus d'envergure et plus de profondeur. Ce qui ne signifiait pas pour autant que je voulais écrire un roman littérairement *protocolaire*, ou qui se rapprocherait de la production *mainstream*. Non, je souhaitais écrire un texte dans lequel je me sentirais bien, et qui posséderait en même temps une force percutante. Je tentais d'imaginer un roman dans lequel ce ne seraient pas seulement les images que j'abritais qui seraient formulées de façon fragmentaire, intuitive, mais aussi mes idées et ma conscience qui trouveraient une forme textuelle plus globale et plus nette.

J'avais lu *Les Bébés de la consigne automatique*, de

Ryû Murakami, un roman paru en 1980, qui m'avait beaucoup impressionné. Mais seul Ryû Murakami lui-même pouvait écrire pareil texte. J'avais également lu quelques romans de Kenji Nakagami, qui m'avaient aussi fait une forte impression. Mais là encore j'étais persuadé que seul Nakagami pouvait écrire ainsi. En tout cas, ce que moi je voulais écrire, c'était autre chose. Il était clair que je devais trouver mon propre chemin d'écrivain. Tout en gardant en tête la puissance spécifique de ces œuvres antérieures, je ne devais écrire que ce que moi seul pouvais écrire.

Avec *La Course au mouton sauvage*, j'ai commencé à me colleter avec ce problème. Je voulais conférer à ce roman de la profondeur, du poids, sans le priver de ce qui donnait à mon style son côté « agréable, plaisant », mais sans non plus me servir des artifices de la littérature dite « pure ». Tel était mon plan fondamental. Pour ce faire, je devais assigner un cadre solide à mon histoire. C'était tout à fait clair pour moi. Mais me focaliser sur mon histoire, cela signifiait, à n'en pas douter, une tâche de très longue haleine. Je ne pourrais plus me contenter de grignoter du temps sur les rares loisirs que me laissait mon « métier ». Aussi, avant de commencer *La Course au mouton sauvage*, ai-je vendu le bar et décidé d'être un écrivain à temps plein. Mes revenus provenaient alors bien davantage de ce bar que de mes écrits, mais j'y ai renoncé résolument. Je voulais me concentrer sur mon roman. Passer tout mon temps dessus et – je sais bien qu'il y a une certaine emphase dans ces termes – couper tous les ponts derrière moi, afin de m'interdire un quelconque retour en arrière.

Tout mon entourage, ou presque, m'a mis en garde : « Mieux vaut ne pas te précipiter ! » Le bar marchait bien, j'avais des revenus réguliers, n'était-il pas imprudent de le laisser tomber ? Ne serait-il pas préférable, le temps que j'écrive mon roman, de confier la gérance de mon affaire à quelqu'un ? À l'époque, personne ne pensait que l'écriture seule me permettrait de vivre. Mais je n'ai pas hésité. Depuis longtemps déjà, j'avais comme principe : « Faire quelque chose à fond ou bien de ne pas le faire du tout. » Confier mon affaire à quelqu'un, ce n'était pas dans mon tempérament. J'en étais à un moment crucial de ma vie. Je devais m'attendre au pire. Mais je voulais absolument écrire un roman en y mettant toute l'énergie que je possédais. Si ça tournait mal, eh bien, ça tournerait mal. Je pourrais toujours repartir de zéro. Par conséquent, j'ai vendu le bar, j'ai quitté notre logement de Tokyo pour mieux me concentrer sur mon roman. Je suis allé vivre loin de la capitale, je me suis mis à me lever tôt, à me coucher tôt, et j'ai commencé à pratiquer la course chaque jour, afin de m'assurer une bonne condition physique. J'ai entrepris la démarche téméraire de changer de vie.

C'est sans doute à partir de là que j'ai été obligé de tenir compte de l'existence des lecteurs. Mais de quel genre de lecteurs s'agissait-il ? Concrètement, je n'y avais jamais réfléchi. Ce n'était pas une nécessité pour moi. J'avais un peu plus de trente ans et ceux qui lisaient mes romans appartenaient vraisemblablement à ma génération, ou bien à celle qui venait juste après. C'étaient de toute façon des « jeunes ». J'étais moi-même un « jeune auteur prometteur » (je suis un peu gêné de reprendre ces termes), et il était clair que ceux qui m'apportaient leur soutien étaient des lecteurs d'à peu près le même âge que moi. Mais je ne m'étais jamais demandé qui ils étaient vraiment et quelles étaient leurs pensées. Eux et moi – lecteurs et auteur – ne faisions qu'un, tout naturellement. Rétrospectivement, je me dis que cette période pourrait être à juste titre désignée comme une « lune de miel » entre mes lecteurs et moi-même.

La Course au mouton sauvage a donné lieu à diverses situations. La rédaction de la revue *Gunzo* a réservé à ce roman un accueil assez indifférent (dans mon souvenir), mais par bonheur les lecteurs l'ont reçu favorablement et il s'est vendu bien mieux que prévu. Pour moi, le démarrage comme écrivain à part entière était plutôt réussi. Je pouvais me dire avec une certaine assurance que je ne m'étais pas aventuré dans une mauvaise direction. En ce sens, *La Course au mouton sauvage* représente mon véritable point de départ comme romancier.

Beaucoup de temps a passé depuis, je suis à présent au milieu de la soixantaine et l'époque où j'étais un « jeune auteur prometteur » est très lointaine. C'est là le cours des choses, les hommes vieillissent (sans qu'ils y puissent rien). Et, avec le temps, mes lecteurs aussi ont changé. Bien sûr. Mais quand on me demande qui sont en général mes lecteurs aujourd'hui, je suis bien obligé de répondre que je n'en sais rien. Non, vraiment, je n'en ai pas la moindre idée.

Un grand nombre de lecteurs m'écrivent, et de temps en temps des rencontres sont organisées avec le public. Mais il s'agit de gens tellement différents par l'âge, le sexe, le milieu que cela ne me fournit pas une image concrète et globale de mon lectorat. C'est une donnée qui reste hors de ma connaissance, comme aussi, je pense, de celle du service commercial de mes éditeurs. Il semble que les hommes et les femmes soient en proportions à peu près équivalentes, et mis à part le fait que parmi mes lectrices les jolies femmes sont les plus nombreuses – si, si, je vous assure –, on ne peut guère leur découvrir de caractéristiques communes. Apparemment, les ventes étaient auparavant plus élevées dans les villes qu'à la campagne, mais aujourd'hui ces différences ont tendance à disparaître.

Cela veut donc dire que vous écrivez un roman sans avoir en tête une image de vos lecteurs ? me demandera-t-on peut-être. Eh bien oui, en effet. Mes lecteurs n'ont pour moi pas de visage.

Pour autant que je le sache, il semble que le vieillissement des auteurs aille de pair avec celui de leurs lecteurs. Et quand un auteur avance d'un an, en règle générale ses lecteurs l'accompagnent. C'est pourquoi il est plutôt habituel que la génération d'un auteur et celle de ses lecteurs se correspondent presque exactement. Voilà qui n'est certes pas compliqué à comprendre. Par conséquent, j'écrirais avant tout pour des lecteurs de ma génération. Pourtant, dans mon cas, apparemment, les choses ne se passent pas ainsi.

On pourrait aussi évoquer les romans plutôt destinés à un type ou à une catégorie de lecteurs. Par exemple, les textes qui ciblent les « jeunes adultes », hommes ou femmes, les romans d'amour, que préfèrent les jeunes femmes entre vingt et trente ans, ou les romans historiques, prisés en général par les hommes d'un certain âge. Là encore, les choses sont toutes simples à saisir. Mais les romans que j'écris ne correspondent pas vraiment à ces classifications.

En fin de compte, avec moi, c'est comme si on en revenait toujours au point de départ. Alors même que je suis incapable de cerner mon lectorat, je persiste à écrire pour mon plaisir. Étrange, n'est-ce pas ? Et pourtant c'est exactement cela, je m'en tiens à ce principe, celui de mes débuts.

Seulement, je suis devenu romancier, je me suis mis à publier des livres régulièrement, et j'ai de ce fait appris une leçon qui m'a profondément marqué. Quoi que vous écriviez, et de quelque manière que vous le fassiez, il y aura toujours quelqu'un qui y trouvera à redire. Si j'écris un gros roman, ce sera : « Trop long. Verbeux. La moitié aurait suffi. » Pour un texte bref : « Tout à fait inconsistant. Pauvre. Manque de force. » Si mon roman est dans la même veine que les précédents : « Toujours la même chose. Ça devient routinier. Quel ennui ! » Si, au contraire, j'innove : « C'était mieux avant. Avec cette nouvelle manière, ça tourne à vide. » D'ailleurs, il y a vingt-cinq ans, c'était déjà : « Murakami arrive trop tard. Il n'est plus dans le coup. » Rien de plus facile que de chicaner (de dire ce qui vous passe par la tête sans se soucier d'endosser la moindre responsabilité). Pourtant, si l'intéressé prend ces critiques au sérieux, il risque fort de s'effondrer. Alors, je le déclare tout net : « Dites ce que vous voulez, cela m'est égal. Et même si d'autres jugements venimeux doivent m'accabler, je continuerai à écrire ce qui me plaît. »

Comme le chantait Rick Nelson dans *Garden Party* :

You see, you can't please everyone,
So you've got to please yourself.

Je comprends très bien ce sentiment. Il est parfaitement impossible de satisfaire tout le monde, sous peine de s'épuiser sans effet. Il faut donc réagir et faire ce que l'on juge bon de faire quand cela nous procure de grandes joies. Même si vous devez être alors sévèrement critiqué, même si vous ne vendez que très peu de livres, vous pourrez vous consoler en pensant qu'au moins vous avez pris du plaisir. Je peux vous l'assurer.

Thelonious Monk, le pianiste de jazz, a dit un jour : « Joue simplement comme tu en as envie. Sans penser à ce que les gens veulent de toi. Joue comme ça te plaît, et les gens finiront par comprendre ce que tu fais. Même s'il te faudra pour cela quinze ou vingt ans. »

Bien entendu, quand on se fait plaisir, il arrive que la qualité artistique ne soit pas au rendez-vous. Aussi l'écrivain doit-il se montrer extrêmement sévère vis-à-vis de lui-même. En tant que professionnel, c'est une condition indispensable pour obtenir un soutien minimal. Mais, une fois cette exigence raisonnablement satisfaite, il n'y a pas de critères plus importants, à mon sens, que de se faire plaisir en écrivant et d'être soi-même convaincu par son travail. Parce qu'une vie passée à faire des choses que l'on n'aime pas ne peut en aucun cas être plaisante. Non ? Ce qui nous ramène encore à notre point de départ : « Quel mal y a-t-il à se sentir bien ? »

Aussi, à la question directe et très fréquente « Mais alors vous ne pensez qu'à vous quand vous écrivez un roman ? », je réponds : « Bien sûr que non ! » Comme je l'ai déjà dit auparavant, en tant que romancier de métier, je garde toujours en tête mes lecteurs. À supposer que je le souhaite, il me serait impossible d'oublier leur existence. En outre, ce ne serait pas très sain.

Néanmoins, penser à ses lecteurs ne signifie pas pour autant surveiller le marché et analyser les comportements des consommateurs-lecteurs afin de déterminer concrètement une cible, comme le ferait une entreprise. C'est un « lecteur imaginaire » que j'ai en tête. Quelqu'un qui n'a pas d'âge, pas de métier, pas de sexe. Dans la réalité, si, bien entendu, il a tout ça, mais ces facteurs sont interchangeables. En somme, ils n'ont aucune importance. En revanche, le facteur important et non interchangeable est le *lien* qui existe entre les lecteurs et moi. De quelle manière précisément ce lien s'établit-il ? Je l'ignore. Mais quelque part je le ressens, mes racines sont reliées à celles de tous ces gens, en un lieu obscur, très profond. Si obscur et si profond que je ne peux y voir grand-chose. Pourtant, nous le sentons bien, nous sommes reliés au travers d'un système narratif grâce auquel s'effectuent des échanges nutritifs.

Mais lorsque nous nous croisons dans une petite rue, que nous sommes assis côte à côte dans un train ou que nous faisons la queue ensemble à la caisse d'un supermarché, nous ne nous rendons pas compte (la plupart du temps) que nos racines sont entrelacées. Nous nous croisons comme de simples étrangers, nous nous séparons dans une ignorance totale l'un de l'autre. Sans doute ne nous reverrons-nous pas. Mais *en réalité*, en sous-sol, de l'autre côté de la surface dure de la vie quotidienne, nous sommes reliés grâce à la « fiction ». Au plus profond de nos cœurs, nous avons des histoires en commun. Voilà comment j'imagine le lecteur. Jour après jour, j'écris en espérant qu'il prendra du plaisir (un peu) à la lecture de mes romans, et aussi que mes textes éveilleront en lui des sentiments.

En comparaison, avec les hommes réels, ceux qui m'entourent dans l'ordinaire de la vie, les relations sont plus compliquées. À chaque nouveau roman, il y en aura quelques-uns qui l'aimeront, d'autres non. Ils n'auront nul besoin d'exprimer clairement leur opinion, je le verrai en général sur leur visage. C'est tout à fait normal. À chacun ses préférences. Quels que soient mes efforts, c'est comme dans la chanson de Rick Nelson : *You see, you can't please everyone* (« On ne peut pas plaire à tout le monde »). Mais pour un écrivain, voir en direct les réactions de son entourage est assez éprouvant. Dans ces moments-là, je me montre très crâne et me redis : « Décidément, je n'écrirai que ce qui me plaît ! »

C'est ainsi que je m'adapte au mieux à toutes les situations. Une technique que j'ai eu le temps de mettre au point, depuis toutes ces années où j'exerce comme écrivain. C'est aussi une sorte d'art de vivre.

L'une des choses qui me rendent particulièrement heureux, c'est d'apprendre que des lecteurs de différentes générations lisent mes romans. Il m'arrive ainsi parfois de recevoir une lettre qui m'annonce : « Dans notre famille, tout le monde a lu vos livres, monsieur Murakami ! » La grand-mère les a lus (elle était peut-être déjà une de mes lectrices quand elle était jeune), la mère aussi, le fils et sa petite sœur également. Cela arrive de temps en temps. Quand j'apprends ce genre de nouvelle, cela me remplit de satisfaction. Que l'un de mes livres soit lu par différentes personnes vivant sous le même toit, voilà qui rend ce texte extrêmement animé. Mon éditeur, bien entendu, serait encore plus heureux si chacune d'elles en avait acheté un exemplaire, mais moi, comme auteur, je le dis sincèrement, je me réjouis davantage du fait que plusieurs lecteurs aient ainsi aimé et partagé mon livre.

Un jour, un ancien camarade de classe m'a appelé et m'a expliqué : « Mon fils est lycéen, il lit tous tes livres et nous en discutons très souvent. D'habitude, nous n'avons pas grand-chose à nous dire, mais là, brusquement, nous nous sommes parlé. » Au ton de sa voix, j'entendais qu'il était très heureux. « Tiens donc, ai-je pensé. Mes livres auraient ainsi une certaine utilité ! » Ou, du moins, ils aideraient à rétablir un soupçon de communication entre parents et enfants. Ce serait un mérite non négligeable. Comme je n'ai pas d'enfants moi-même, lorsque ceux des autres aiment mes livres et qu'il en résulte comme une sorte d'empathie entre nous, j'ai le sentiment d'apporter aux générations suivantes une (modeste) contribution.

Je ne dirais pourtant pas que je suis fréquemment en contact direct avec mes lecteurs. Mes apparitions en public ou dans les médias sont extrêmement rares. Je ne me manifeste pas non plus à la télévision ou à la radio (même si cela s'est produit parfois, contre mon gré). Je ne participe pas à des séances de dédicaces. On m'interroge d'ailleurs souvent sur les raisons de ce refus. J'ai toujours la même réponse : je suis écrivain à temps plein et ce que je peux faire de mieux, c'est écrire mes livres. Et pour cela, toutes mes forces disponibles doivent être dévolues à cette unique tâche. La vie est courte, le temps et l'énergie qui nous sont alloués sont limités et je ne veux pas les gaspiller pour des choses accessoires. À peu près une fois par an, je donne une conférence dans un pays étranger, ou bien je fais une lecture et je signe quelques livres. En tant qu'écrivain japonais, je considère cela comme une obligation à laquelle je dois me plier jusqu'à un certain point.

Il m'est aussi arrivé, à plusieurs reprises, d'avoir un site Web en service durant plusieurs semaines chaque fois. Le nombre de messages que j'ai reçus a été très élevé et j'ai eu pour principe de les lire tous moi-même. Ceux qui étaient trop longs, je les ai parcourus en diagonale, il est vrai, mais en fin de compte je les ai tous lus.

J'ai répondu à environ un message sur dix. J'ai apporté des réponses à certaines questions, prodigué quelques conseils, donné mes impressions… Les messages que j'ai adressés étaient très variés, depuis de courts commentaires jusqu'à des explications assez longues et relativement formelles. Durant ces périodes (qui ont fini par s'étendre à plusieurs mois), je n'ai pour ainsi dire pas pu accomplir d'autres tâches. Je me suis presque exclusivement consacré à rédiger des e-mails. Beaucoup de mes correspondants, semble-t-il, ne croyaient pas que j'écrivais ces réponses moi-même et pensaient que quelqu'un s'en chargeait à ma place. Apparemment, de nombreux artistes connus font écrire par leur secrétaire les réponses aux messages de leurs fans, et tout le monde a imaginé que j'en faisais autant. J'ai noté sur ma page d'accueil « Je vous affirme que je rédige moi-même les réponses à vos e-mails », et pourtant il semble bien que ma proclamation n'ait pas été prise pour argent comptant. En particulier, quand de jeunes femmes, toutes contentes, disaient à leur petit ami « J'ai reçu une réponse de M. Murakami ! », celui-ci douchait leur enthousiasme : « Quelle cruche ! Ce n'est pas lui en personne qui rédige ces messages. Il est bien trop occupé. Il a beau prétendre officiellement qu'il répond lui-même, en réalité c'est quelqu'un d'autre qui s'en charge ! » Le genre de dialogue parfaitement plausible. Je ne m'étais pas rendu compte à quel point le nombre de gens soupçonneux était important (tout autant, bien sûr, que le nombre de vrais escrocs). Mais, je le répète, j'ai moi-même rédigé toutes les réponses aux e-mails reçus. Je l'ai fait dans un temps record et pourtant cela n'a pas été une mince tâche, compte tenu de l'abondance des messages. Mais l'expérience m'a intéressé et m'a beaucoup appris.

Dans cet échange avec des lecteurs, j'ai particulièrement apprécié le fait que tant d'hommes et de femmes aient réagi à mes livres. J'ai constaté qu'il y avait chez certains d'entre eux des malentendus, des attentes trop fortes, ou bien comme des déceptions : « Ah, ce n'est pas vraiment ce à quoi je m'attendais... » (J'en suis désolé.) Des lecteurs se disant eux-mêmes ardents admirateurs de mes œuvres abordaient chacun de mes romans pour les louer ou les critiquer. S'il y avait des réactions sympathiques, il y en avait d'autres hostiles. Les opinions des uns et des autres apparaissaient tout à fait divergentes. Mais, en prenant un peu de recul et en considérant ce corpus avec une certaine distance, j'ai ressenti avec certitude que tous ces lecteurs avaient une compréhension profonde de mes romans et de moi. Certes, dans le détail, individuellement, il y avait de l'actif et du passif mais en fin de compte le solde s'équilibrait.

« Ah, je vois... » me suis-je dit alors. Avec un peu la même impression que l'on éprouve quand la brume se dissipe sur la crête d'une montagne. Cette expérience précieuse m'avait amené à cette compréhension. Je veux dire, cet échange sur Internet. Mais la tâche avait été tellement rude ! Je ne recommencerais sans doute pas.

J'ai donc en tête une sorte de « lecteur imaginaire » quand j'écris. Ces termes, en fait, recouvrent à peu près mon lectorat tout entier. Mais, comme l'image du « lectorat dans son ensemble » est difficile à caser dans un esprit, j'ai préféré la condenser en un « lecteur imaginaire ».

Dans les librairies japonaises, selon que leur auteur est un homme ou une femme, les ouvrages ne sont en général pas rangés sur les mêmes étagères. Dans les pays étrangers, cette distinction ne semble pas avoir cours. Elle existe peut-être quelque part, mais je ne l'ai jamais constatée en propre. J'ai bien réfléchi aux raisons possibles de cette séparation. Peut-être s'agit-il de motifs d'ordre pratique, car beaucoup de femmes liraient surtout des auteurs féminins et les hommes des auteurs masculins. En y repensant, je m'aperçois d'ailleurs que je lis plus souvent des ouvrages écrits par des hommes. Je ne les lis cependant pas parce qu'ils ont pour auteur un homme, mais simplement parce qu'ils me plaisent. Il y a aussi, bien entendu, de nombreuses romancières que j'apprécie beaucoup. Pour citer des auteurs de langue anglaise, Jane Austen par exemple, ou Carson McCullers. J'ai lu tous leurs romans. J'aime aussi Alice Munro, et j'ai traduit certains textes de Grace Paley. Je trouve donc fâcheuse, dans les rayons des librairies, cette séparation sommaire entre écrivains hommes et femmes. (La conséquence pourrait d'ailleurs être un éloignement croissant des deux lectorats, le féminin et le masculin.) Je ne pense pas en revanche que mon avis sera pris en compte.

Ainsi que je l'ai dit précédemment, mon lectorat serait composé d'hommes et de femmes, à parts à peu près égales. Il n'existe pas de chiffres exacts à ce sujet mais, étant donné les rencontres que j'ai faites, les échanges d'e-mails que j'ai eus, j'ai vraiment ce sentiment. Et, apparemment, il en va ainsi au Japon comme dans les pays étrangers. Pour quelle raison cet heureux équilibre hommes/femmes s'est-il établi ? Je l'ignore, mais je m'en réjouis sincèrement. Le monde étant composé à peu près à parts égales d'hommes et de femmes, n'est-il pas tout à fait sain et naturel que mon lectorat en soit le reflet ?

Un jour, une jeune lectrice m'a demandé : « Comment se fait-il qu'un homme de votre âge comprenne si bien les sentiments des jeunes femmes ? » (Bien entendu, beaucoup ne partagent pas son avis, mais je me permets de citer comme exemple l'opinion de cette lectrice. Pardon.) Étant donné que je ne crois pas moi-même être capable de déchiffrer réellement les sentiments des jeunes femmes (je suis sérieux !), ses paroles m'ont beaucoup étonné. Je lui ai donc répondu que, lorsque j'écrivais, je m'efforçais de me mettre dans la peau des personnages, et que cela me permettait peut-être de comprendre ce qu'ils pensaient et ce qu'ils ressentaient. Enfin, juste dans le cadre romanesque.

Lorsque j'anime des personnages à l'intérieur d'un roman, j'appréhende jusqu'à un certain point leurs faits et gestes, mais « bien comprendre les sentiments des jeunes femmes », c'est tout de même quelque chose d'un peu différent. Et je dois malheureusement avouer que, bien souvent, j'interprète mal les humains. Aussi, quand de vraies jeunes femmes en chair et en os – une partie d'entre elles du moins – lisent avec plaisir les romans que j'ai écrits (oui, ces textes d'un homme de plus de soixante-cinq ans), et qu'elles éprouvent de la sympathie pour leurs personnages, j'en suis extrêmement heureux. Que ce genre de chose se produise, pour moi, cela tient presque du miracle.

Bien sûr, il peut y avoir aussi des livres plutôt destinés à des hommes et d'autres plutôt destinés à des femmes. Ces ouvrages sont certainement utiles. Mais mes propres romans, je souhaite qu'ils s'adressent à tous les lecteurs, hommes ou femmes, qu'ils les touchent et les émeuvent. Rien ne m'est plus agréable que de penser que des amoureux, des groupes d'hommes et de femmes, des couples ou encore des parents et des enfants discutent passionnément de mes livres. Je suis en effet persuadé que les romans ou les histoires ont pour fonction d'adoucir les antagonismes entre les sexes, entre les générations, ou autres catégories arbitraires, du moins d'atténuer leur acuité. Une fonction, il va sans dire, fabuleuse. J'ai l'espoir secret que mes romans rempliront aussi ce rôle positif – si minime soit-il.

En un mot – je serais un peu gêné d'en dire trop –, j'ai le sentiment aigu, depuis mes débuts, d'avoir constamment bénéficié des faveurs des lecteurs. Je me répète, mais durant de longues années les critiques ne m'ont pas épargné. Et, même chez mes éditeurs, il semble que ceux qui avaient un jugement défavorable à mon égard étaient bien plus nombreux que ceux qui m'appréciaient. En somme, d'une manière ou d'une autre, j'ai toujours soit fait l'objet de critiques sévères, soit été traité avec une froide indifférence. À tel point que cela m'a donné le sentiment de devoir travailler seul, en silence, exposé en permanence à tous les vents (eux-mêmes soumis à des fluctuations périodiques, tantôt violents, tantôt plus doux). Si j'ai continué cependant, sans me décourager ni sombrer (en étant parfois presque à bout), c'est parce que les lecteurs sont restés fidèles à mes livres. J'ose affirmer que j'ai des lecteurs d'une extrême qualité. Ils ne se contentent pas, après avoir fini un de mes romans, de dire « Ah oui, très intéressant ! », de le poser quelque part et de l'oublier. Beaucoup d'entre eux, semble-t-il, continuent à y réfléchir et à chercher à comprendre pourquoi il les a intéressés. Et une partie de ces lecteurs – pas si mince – va jusqu'à relire le texte. Quelques-uns le font même plusieurs fois en l'espace d'une dizaine d'années. Certains prêtent l'un ou l'autre de mes ouvrages à des amis, échangent leurs impressions et leurs avis. Ces différents moyens leur permettent de mieux appréhender l'histoire ou de comprendre plus précisément leurs affinités. J'ai entendu ce genre d'anecdote bien souvent de la bouche des lecteurs. À chaque fois, je ne peux ressentir à leur égard qu'une immense reconnaissance car, pour un auteur, ces hommes et ces femmes sont des lecteurs de rêve. (Quand j'étais jeune, c'était ainsi que je lisais.)

Depuis que je publie des livres, il y a environ trente-cinq ans, le nombre de mes lecteurs n'a cessé d'augmenter à chaque nouvel ouvrage ; j'en éprouve aussi une grande fierté. Bien sûr, il a été difficile de battre le record des ventes de *La Ballade de l'impossible*, mais, en dehors des variations temporaires des lecteurs « fluctuants », le nombre de ceux qui composent ma « base », ceux qui attendent la parution d'un nouveau livre, qui l'achètent dès qu'il est sorti, semble continuellement s'accroître. Les chiffres le montrent, mais également les réactions du lectorat. Cette tendance n'existe pas qu'au Japon, elle se confirme aussi à l'étranger. Il est intéressant de constater que les lecteurs japonais et les lecteurs étrangers partagent de nos jours les mêmes lectures.

Il est possible que je sois relié avec eux tous par un énorme pipeline, que nous ayons construit au fil du temps un système à travers lequel nous communiquons directement. Un système qui fonctionnerait sans que les médias ou le monde littéraire servent d'intermédiaires. Bien plus essentielle est la relation de confiance qui s'est créée de façon naturelle entre l'auteur et les lecteurs. Cette confiance pousse un grand nombre de lecteurs à acheter mes romans dès qu'ils sont parus et à les lire. Si ce lien avait fait défaut, ce système n'aurait jamais pu tenir sur la durée, si direct qu'ait été le pipeline.

Le romancier John Irving, que je connaissais personnellement, m'a confié un jour quelque chose de très intéressant à propos de sa relation avec ses lecteurs : « Ce qui est le plus important pour un écrivain, m'avait-il dit, c'est de les "shooter". Désolé pour le terme ! » (Il avait en effet utilisé une expression américaine en vigueur dans l'argot des drogués : *hit the mainline*, qui signifie « injecter une drogue ».) On construit un lien dont l'autre ne peut se dégager. Il est en manque, dans l'attente de l'injection suivante. Je comprends très bien cette métaphore mais, comme l'image est assez subversive, je préfère utiliser l'expression plus modérée d'un « pipeline direct ». Pourtant, au fond, le sens est à peu près le même. Celui d'une transaction entre auteur et lecteurs dans laquelle ne peut manquer une certaine intimité physique, qui se traduirait par exemple ainsi : « Alors, garçon ? Ça va ? Tu sais, j'en ai de la bonne ! »

Il m'arrive de temps à autre de recevoir une lettre intéressante d'un lecteur : « J'ai lu votre dernier livre. Malheureusement, je ne l'ai pas beaucoup apprécié. Pourtant, je ne manquerai pas d'acheter le suivant. Continuez ! » Franchement, ces lecteurs-là, je les aime bien. J'ai pour eux de la gratitude. Ils m'accordent leur confiance. C'est pour eux (pour elles) que je dois écrire mon prochain roman. Et j'espère du fond du cœur qu'ils l'aimeront. Bien sûr, « on ne peut pas plaire à tout le monde », mais j'ignore ce qu'il en sera en réalité.

11

Vers de nouvelles frontières

C'est à la fin des années 1980 que mes premiers textes ont été introduits aux États-Unis, quand la maison d'édition Kodansha International (KI) a fait paraître en anglais *La Course au mouton sauvage*. Puis la revue *The New Yorker* a publié quelques-unes de mes nouvelles. À cette époque, Kodansha avait ses bureaux au cœur de Manhattan, elle employait des collaborateurs locaux et se montrait très active, cherchant sérieusement à se lancer dans le secteur de l'édition américaine. Plus tard, la société s'est transformée en Kodansha America (KA). Je ne connais pas tous les détails mais elle a fini par devenir une filiale américaine.

Elmer Luke, Américain d'origine chinoise, était le pilier de la direction et disposait d'associés très compétents, chargés des relations publiques et de la gestion. M. Shirai, le P.-D.G., n'imposait pas de style de management à la japonaise et laissait à l'équipe américaine une grande liberté d'action. Aussi l'atmosphère dans les bureaux était-elle plutôt détendue. L'équipe américaine a soutenu avec enthousiasme la publication de mes livres. Un jour que j'étais à New York, avant de me rendre dans le New Jersey, j'ai eu une bonne conversation avec l'ensemble des collaborateurs dans les bureaux de KA, à Broadway. L'ambiance était beaucoup plus décontractée qu'elle ne l'aurait été au Japon. Les différents responsables, tous de purs New-Yorkais, formaient une équipe extrêmement qualifiée et j'ai eu beaucoup de plaisir à travailler avec eux. Je garde de ces moments un excellent souvenir. Je n'avais pas encore quarante ans, toutes ces choses qui m'arrivaient étaient passionnantes. Encore aujourd'hui, j'ai conservé avec certains de bonnes relations d'amitié.

Grâce à la traduction rafraîchissante d'Alfred Birnbaum, *La Course au mouton sauvage* a été plus appréciée qu'on ne l'aurait imaginé, le *New York Times* lui a consacré de copieux commentaires et John Updike a rédigé une longue critique bienveillante dans le *New Yorker*. Néanmoins, le succès financier n'a pas été au rendez-vous. Kodansha International était une maison d'édition toute nouvelle aux États-Unis et, bien entendu, j'étais moi-même parfaitement inconnu. Pas une seule librairie ne mettait ce genre d'ouvrage en valeur sur ses rayonnages. Si les e-books et Internet avaient alors existé, la situation aurait peut-être été meilleure, mais ces dispositifs étaient encore à venir. Je suis toutefois parvenu à un certain degré de reconnaissance, même si cela ne s'est pas traduit en termes de ventes. Plus tard, *La Course au mouton sauvage* est sortie en livre de poche dans la collection « Vintage » (Random House) et a fini par devenir un *long-seller*, autrement dit un succès commercial sur le long terme.

Par la suite ont été publiés *La Fin des temps* et *Danse, danse, danse*, des textes qui ont reçu de bonnes critiques, connu une certaine réussite, puisqu'on a même parlé de « romans cultes ». Pourtant, les ventes n'ont pas été très élevées. Le Japon était, dans ces années-là, au faîte de la réussite économique, il y avait d'ailleurs eu un livre intitulé *Japan as No. One*[1], mais cette prééminence n'atteignait pas la sphère culturelle. Si l'on discutait avec des Américains, ils vous entretenaient principalement de questions économiques et presque jamais de sujets touchant à la culture. Les noms de Ryuichi Sakamoto et de Banana Yoshimoto étaient connus, certes, mais – laissons l'Europe de côté – le marché américain ne serait pas accessible tant que n'existerait pas un courant puissant qui focaliserait l'attention sur la culture japonaise. Sans trop exagérer, le Japon était alors considéré comme un « pays où l'argent coulait à flots mais qui restait très mystérieux ». Bien sûr, quelques Américains lisaient Kawabata, Tanizaki ou Mishima, ils appréciaient la culture japonaise, mais il ne s'agissait en fin de compte que d'une petite minorité d'intellectuels ou de lecteurs passionnés de littérature, issus des centres urbains.

C'est pourquoi j'ai été extrêmement heureux que quelques-unes de mes nouvelles soient vendues au *New Yorker* (pour moi, fervent lecteur de cette revue, c'était là un événement qui tenait du rêve) ; malheureusement, cela n'a pas entraîné ensuite de progrès décisif. Comme une fusée qui aurait bien décollé mais dont l'allumage du second étage n'aurait pas fonctionné. Néanmoins, au fil des ans, j'ai conservé avec le *New Yorker* des relations amicales. Malgré les changements au sein de la rédaction ou de la direction, cette revue est restée pour moi un solide point d'ancrage aux États-Unis. Il semble que ma manière d'écrire ait été appréciée par les responsables (sans doute correspondait-elle à

1. Ezra F. Vogel, *Japan as No. One*, Harvard University Press, 1979.

l'esprit de la revue), et j'ai signé avec eux un contrat d'auteur privilégié. Quand j'ai appris plus tard que J. D. Salinger avait lui aussi signé ce type de contrat, je m'en suis d'autant plus réjoui.

Ma première nouvelle publiée dans le *New Yorker* (pour être exact, dans le numéro du 10 septembre 1990) était intitulée *TV People*. Au cours des vingt-cinq années qui ont suivi, la revue a publié vingt-sept autres textes sous ma signature. La rédaction impose des critères précis et les œuvres qui ne répondent pas aux exigences éditoriales sont rapidement écartées, quelles que soient la célébrité de l'auteur ou l'étroitesse de ses liens avec le comité de rédaction. C'est ainsi que *Zooey*, de Salinger, a dans un premier temps été rejeté (mais finalement accepté grâce au rédacteur en chef, William Shawn). Et mes textes aussi, bien entendu, ont plusieurs fois été refusés. Dans ce sens, les choses sont très différentes de ce qui se passe avec les revues japonaises. Mais, si l'on parvient à surmonter ces obstacles et à faire paraître régulièrement des textes dans le *New Yorker*, on a de bonnes chances de toucher le public américain. C'est de cette manière que mon nom, peu à peu, s'est fait connaître, avec des résultats fort appréciables.

L'influence et le prestige d'une revue comme le *New Yorker* sont sans commune mesure avec ceux d'une revue japonaise. Aux États-Unis, vendre à plusieurs millions d'exemplaires, être récompensé par un prix littéraire laisse tout le monde indifférent quand cela se passe au Japon. Mais les réactions changent du tout au tout si l'on a été publié dans le *New Yorker*. On peut envier, je pense, une culture qui possède au moins une revue jouant ainsi le rôle de phare.

Plusieurs Américains que j'ai eu l'occasion de connaître par mon travail m'ont mis en garde sur la difficulté d'entrer dans le monde de l'édition aux États-Unis. Il me fallait absolument un agent américain et mes livres devaient être publiés dans une grande maison d'édition. C'était tout à fait clair pour moi, sans qu'on ait besoin de me le préciser. À cette époque, du moins, telle était la situation. J'ai donc décidé d'engager un agent et de chercher un nouvel éditeur, même si j'en ai éprouvé une légère culpabilité à l'égard de Kodansha America. Après avoir discuté avec toutes sortes de personnes compétentes à New York, mon choix s'est fixé sur Amanda Urban (surnommée « Binky »), de l'agence littéraire International Creative Management. Mon éditeur serait Alfred A. Knopf (dirigé par « Sonny » Mehta), appartenant au groupe Random House. L'éditeur en charge de mes livres chez Knopf était Gary Fisketjon. Ces trois personnalités étaient très connues dans les cercles culturels américains, et quand j'y pense aujourd'hui, je m'étonne qu'elles se soient intéressées à moi. À l'époque, cependant, c'étaient pour moi des tentatives sans espoir, et je n'avais pas le temps de m'appesantir sur la question. J'avais fait jouer mes relations, discuté avec toutes sortes de gens et fini par arrêter mon choix.

Il y avait sans doute trois raisons pour lesquelles ces personnages importants s'étaient intéressés à moi. La première, c'était que j'avais traduit Raymond Carver et fait connaître son œuvre au Japon. Or, ils étaient justement les agents et éditeurs de Raymond Carver. Cela ne pouvait être un hasard. Peut-être l'influence de Carver disparu se faisait-elle encore sentir. (Il n'y avait alors que quatre ou cinq ans qu'il avait disparu.)

La deuxième raison était que *La Ballade de*

l'impossible s'était vendue au Japon à presque 2 millions d'exemplaires. Même aux États-Unis, on en parlait. Pour une œuvre littéraire, 2 millions d'exemplaires, ce n'est tout de même pas rien, et mon nom commençait à circuler dans les cercles intellectuels. *La Ballade de l'impossible* était en somme pour moi comme une carte de visite.

La troisième raison : j'avais déjà commencé à être publié aux États-Unis et une certaine popularité était attachée à mon nom. J'étais une sorte de nouveau venu prometteur. Le fait d'être très apprécié par le *New Yorker* avait sûrement joué un rôle important. Le successeur de William Shawn, le légendaire rédacteur en chef Robert Gottlieb, avait pour moi, semble-t-il, beaucoup de sympathie, et le fait qu'il m'ait personnellement introduit dans toute la rédaction est un souvenir précieux. Linda Asher, mon éditrice, était une femme charmante et nous nous entendions à merveille. Cela fait longtemps qu'elle ne travaille plus au *New Yorker*, mais encore aujourd'hui nous avons gardé de très bonnes relations. Avec le recul, je me dis que c'est sans doute cette revue, le *New Yorker*, qui m'a propulsé sur le marché américain.

En fin de compte, mon lien avec ces trois professionnels de l'édition (Binky, Mehta, Fisketjon) a été le facteur déterminant dans le déroulement heureux des événements. Des personnes compétentes, passionnées, avec aussi un immense carnet d'adresses et une forte influence dans le milieu éditorial. Par la suite, Chip Kidd, directeur artistique chez Knopf, a conçu toutes les couvertures de mes livres, depuis *L'éléphant s'évapore* jusqu'à *L'Incolore Tsukuru Tazaki et ses années de pèlerinage* – une charte graphique extrêmement appréciée. Au point que certains étaient impatients de découvrir mes nouvelles publications pour admirer ses couvertures. Il faut dire qu'il possède un talent véritablement incroyable.

Une décision a peut-être également joué en ma faveur : d'emblée, j'avais voulu ne pas être catalogué spécifiquement comme un « écrivain japonais » et me placer sur le même terrain que les auteurs américains. J'avais trouvé moi-même un traducteur, fait traduire mon texte, je l'avais relu et j'avais adressé ce manuscrit rédigé en anglais à mon agent, pour qu'elle le vende à un éditeur. De cette manière, aussi bien mon agent que l'éditeur me traitaient comme un auteur américain. À la différence d'un auteur étranger qui propose son roman dans une langue autre que l'anglais, je me retrouvais dans la même position que les écrivains américains, soumis aux mêmes règles qu'eux. J'étais totalement intégré dans le système.

Quand j'ai rencontré Binky pour la première fois, elle m'a clairement expliqué qu'elle ne se chargerait d'aucun texte qui ne serait pas rédigé en anglais. C'est ce qui a motivé ma décision. Elle lisait elle-même le manuscrit et le jaugeait avant de se mettre au travail. Les textes qu'elle ne pouvait lire en personne étaient rejetés. Puisqu'elle était agent littéraire, on pouvait le comprendre. C'est pourquoi j'ai décidé de commander d'abord une bonne traduction en anglais.

Au Japon et en Europe, on déplore souvent les orientations trop commerciales des maisons d'édition américaines obnubilées par les bénéfices escomptés, et le fait qu'elles ne mettent pas sérieusement les auteurs en avant. Il ne s'agit peut-être pas vraiment d'antiaméricanisme mais plutôt de réactions hostiles (ou d'absence de bienveillance) vis-à-vis du modèle économique américain. Il serait mensonger de prétendre que ce ne sont là que des fantasmes. J'ai rencontré un certain nombre d'écrivains américains et ils se sont souvent plaints du fait que la considération de leurs agents et éditeurs fluctuait en fonction des ventes de leurs livres. Oui, ce genre de chose existe. Mais le milieu éditorial américain offre aussi d'autres aspects. J'ai moi-même vu, à plusieurs reprises, l'énergie qu'un éditeur ou un agent pouvait déployer pour un auteur ou son œuvre, sans songer au préalable à son intérêt immédiat. Bien entendu, le zèle ou l'engagement d'un individu jouait souvent là-dedans un rôle déterminant. Et je suppose que, de ce point de vue, les choses sont les mêmes partout ailleurs.

À ce que j'ai pu constater du moins, pour se destiner au métier d'éditeur, dans quelque pays que ce soit, il faut d'abord aimer les livres. Aux États-Unis, quand on veut seulement gagner de l'argent ou mener grand train, on n'embrasse pas la profession d'éditeur. On se dirige vers Wall Street ou Madison Avenue (l'univers de la publicité). Car, en dehors de quelques exceptions, les salaires dans l'édition ne sont pas particulièrement élevés. C'est pourquoi ceux qui travaillent dans cette branche témoignent de leur ardeur et de leur fierté : « J'ai choisi ce métier par amour des livres », disent-ils. Du moment qu'une œuvre leur plaît, ils ne ménagent ni leur peine ni leur temps, sans se soucier de leur intérêt.

J'ai vécu moi-même un moment sur la côte est des États-Unis (dans le New Jersey et à Boston) et les contacts personnels que j'avais avec Binky, Gary et Sonny sont devenus des relations d'amitié. Même si nous vivions à une certaine distance les uns des autres, nous avons travaillé de concert pendant de longues années, nous nous sommes rencontrés et avons déjeuné ensemble à de nombreuses reprises. C'est ce qui se passe partout. Si vous laissez à votre agent l'essentiel du travail sans vous impliquer personnellement, les choses ne peuvent pas avancer. Bien sûr, si l'œuvre en elle-même possède une puissance énorme, cela n'a guère d'importance, mais, pour être franc, la confiance que j'ai en moi n'est tout de même pas illimitée, et mon tempérament me pousse à agir en personne dès que c'est possible, quelles qu'en soient les conséquences. En tout cas, c'est de cette manière que j'ai fait de « nouveaux débuts », pour ainsi dire, aux États-Unis. À quarante ans, je recommençais à zéro.

La décision de défricher activement le marché américain était aussi liée aux événements déplaisants qui se déroulaient au Japon. Et j'avais le sentiment très net qu'en restant sur place je risquais fort de végéter. À l'époque de ce qu'on a appelé la « bulle économique », pourtant, la vie d'un écrivain au Japon n'avait rien d'éprouvant. Sur une population de plus de 100 millions d'habitants, tout le monde, ou presque, était apte à lire. Ce qui constituait une base de lecteurs énorme. Par ailleurs, la prospérité économique japonaise, qui émerveillait le monde entier, profitait aussi au secteur de l'édition. Alors que la Bourse montait, que l'immobilier s'envolait, que l'argent affluait, de nouvelles revues ne cessaient d'apparaître, soutenues par d'innombrables annonceurs. Les demandes de textes arrivaient en quantité chez les auteurs aussi. De même que des offres alléchantes du genre : « Voyagez partout où vous en avez envie, dépensez autant qu'il vous plaira et rédigez un récit à votre goût ! » Un inconnu m'a même fait une proposition extraordinaire :

« Pourquoi ne viendriez-vous pas passer une année dans le château que j'ai récemment acquis en France afin d'écrire tranquillement un roman ? » (Je l'ai poliment déclinée.) À y repenser aujourd'hui, je me dis que c'était vraiment une époque invraisemblable. Même un romancier qui vendait très peu de livres pouvait jouir d'une vie fort agréable.

Mais j'avais alors franchi le cap des quarante ans (un âge décisif pour un écrivain) et cette ambiance ne me paraissait pas appropriée. Une expression traditionnelle évoque le « trouble » qui perturbe le cœur des hommes et je pense que c'est exactement ce que je ressentais alors. La société tout entière bruissait et s'agitait sous les promesses d'argent facile. L'environnement n'était pas propice à l'élaboration lente et paisible d'un roman. En moi grandissait le sentiment que, dans ces circonstances, tout risquait d'être gâché en un instant. Et cela renforçait mon envie de découvrir de nouvelles frontières. Je souhaitais expérimenter d'autres possibilités. J'ai donc décidé de quitter le Japon et d'aller vivre à l'étranger. C'était à la fin des années 1980, juste après la publication de *La Fin des temps*.

En outre, mes livres et moi-même, à titre personnel, étions en butte à de sévères critiques au Japon. Je suis humain et je ne suis donc pas exempt de défauts, tout comme mes romans. Je persiste à penser qu'on ne peut rien contre les critiques et qu'il faut continuer à vivre sa vie. Mais j'étais encore relativement jeune à l'époque et j'estimais que le traitement que l'on m'infligeait était souvent injuste. Les critiques s'immisçaient même dans ma vie privée, atteignaient ma famille, des faits invérifiables étaient présentés comme avérés et je subissais des attaques personnelles. Plus que du dégoût, j'éprouvais face à tout cela un sentiment d'étrangeté. *Mais pourquoi faut-il qu'on raconte des choses pareilles ?*

Avec le recul, je subodore que ces assauts étaient aussi l'expression d'une frustration que ressentaient alors les cercles littéraires japonais (auteurs, critiques, éditeurs, etc.). Ils révélaient l'insatisfaction et le découragement du « monde des arts et des lettres » face au déclin de la production dite *mainstream*. Le changement de paradigme qui s'effectuait peu à peu menaçait jusqu'à son existence. Pour les professionnels, le déclin culturel était quelque chose d'affligeant et sans doute même d'intolérable. Beaucoup d'entre eux considéraient mes écrits ou ma personne comme « le principal fauteur de troubles, celui qui menaçait et cherchait à détruire la situation établie ». Ils voulaient m'écarter du chemin et m'attaquaient à la manière des globules blancs combattant un virus. Telle était mon impression. Si quelqu'un comme moi était capable de causer des troubles à la culture japonaise, c'est qu'il y avait de vrais problèmes. Voilà ce que je me disais à l'époque.

« Ce qu'écrit Haruki Murakami n'est finalement que de la littérature étrangère réchauffée, le genre de chose qui n'a pas de valeur dans notre pays. » Voilà ce qui se disait couramment. Mais, moi, je ne considérais pas mes écrits comme étant du « réchauffé ». Mon dessein était de chercher, d'explorer activement de nouvelles possibilités en me servant de la langue japonaise. Et j'avais en même temps l'idée un rien provocatrice d'essayer de voir ce que donneraient mes textes une fois hors du Japon. Je ne suis pas du genre à toujours vouloir avoir raison mais, si une chose ne me convainc pas, je vais au bout, jusqu'à ce qu'elle soit irrécusable.

Par ailleurs, en situant mes activités à l'étranger,

j'allais ressentir sans doute moins fortement l'obligation d'être concerné par l'establishment littéraire compliqué de mon pays. Tout ce que ces gens racontaient me serait indifférent. C'était là une des raisons principales de mon départ.

En y réfléchissant, je pourrais peut-être dire que toutes les critiques que j'ai dû subir au Japon, loin de m'abattre, ont été une chance et l'occasion pour moi de tenter l'aventure à l'étranger. Et que je ne craignais sûrement pas en tout cas d'être « submergé de compliments ».

Ce qui m'a donné le plus de joie, c'est que de nombreux lecteurs et critiques étrangers ont estimé que ce que j'écrivais était « assurément original. Vraiment différent de ce que font les autres écrivains ». Selon l'opinion quasi générale (en dehors du fait que l'on m'apprécie ou pas), mon style tranchait complètement avec celui des autres. Ces commentaires, si radicalement différents de ce que j'avais entendu au Japon, me rendaient extrêmement heureux. Me dire que j'étais « original » et que je possédais mon « propre style », c'était le plus grand des compliments.

Au Japon, quand on a su que mes romans étaient diffusés à l'étranger, les remarques ont commencé à pleuvoir : « Si les œuvres de M. Murakami se vendent hors du Japon, c'est parce qu'elles sont faciles à traduire et que les étrangers peuvent les comprendre aisément. » Tiens, voilà qui était fort éloigné de ce qui avait été exposé auparavant. J'en ai été plutôt surpris mais je me suis dit, tant pis. Nombreux sont les gens qui adorent émettre un avis ne reposant sur aucune base solide, si ce n'est la direction du vent.

Les romans, en règle générale, émergent de l'intérieur même de leur créateur, par un mouvement entièrement naturel. Ils n'obéissent pas à un quelconque artifice stratégique. Il est également vain de vouloir fabriquer à dessein un contenu en s'appuyant sur des études de marché. Les produits superficiels qui en résultent ne trouveraient de toute façon pas beaucoup de lecteurs. Si c'était le cas cependant, ces textes et leurs auteurs ne connaîtraient aucune longévité et seraient bientôt oubliés. Abraham Lincoln a déclaré : « Vous pouvez tromper quelques personnes tout le temps. Vous pouvez tromper tout le monde un certain temps. Mais vous ne pouvez tromper tout le monde tout le temps. » Cette citation me paraît très pertinente à propos des romans. C'est le temps, et le temps seulement, qui atteste la valeur de beaucoup de choses dans ce monde.

Revenons à notre sujet principal.

Mes livres ont donc été publiés chez A. Knopf et ensuite en édition de poche dans la collection « Vintage ». Peu à peu, au fil du temps, les ventes aux États-Unis ont sensiblement augmenté. Un roman nouvellement paru se classait en général parmi les plus élevés dans la liste des best-sellers des journaux de Boston et de San Francisco. S'était ainsi formé un lectorat solide qui achetait et lisait mes romans dès leur parution. La situation était par conséquent à peu près la même qu'au Japon.

Puis, en 2005, quand *Kafka sur le rivage* a été publié aux États-Unis, mon nom est finalement apparu sur la liste des best-sellers du *New York Times* (même s'il était en queue de liste). Mes romans n'étaient donc plus seulement lus dans les zones urbaines, principalement libérales, des côtes est et ouest, mais également à l'intérieur même du pays. *1Q84* (2011) s'est classé deuxième sur la liste des best-sellers (catégorie : « Fiction ») et *L'Incolore Tsukuru Tazaki et ses années de pèlerinage* (2014), premier. Pour en arriver à ce résultat, il a fallu énormément de temps. Cela ne s'est pas fait d'un seul coup. Après cette série de parutions, menées avec constance, j'avais enfin le sentiment d'avoir réussi à prendre pied aux États-Unis. D'autant plus que les éditions de poche redonnaient vie à mes anciens ouvrages. Les vents m'étaient favorables.

C'est toutefois davantage l'augmentation des ventes sur le marché européen que les fluctuations aux États-Unis qui a été le plus remarquable dans les premiers temps. New York occupe une place centrale pour tout ce qui concerne les publications internationales et cela a donc pesé sur l'accroissement de la diffusion et de la vente de mes livres vers l'Europe. Je n'avais pas anticipé ce développement. Pour être franc, je n'avais pas vraiment réfléchi au rôle que pouvait jouer New York. J'avais simplement décidé de m'établir aux États-Unis parce que je savais lire l'anglais et que j'avais été amené à y vivre.

J'ai l'impression qu'en dehors de l'Asie le feu a d'abord pris en Russie et en Europe orientale, avant de se propager peu à peu vers l'ouest, en Europe occidentale. Cela s'est passé au milieu des années 1990. Chose qui paraît incroyable, il semblerait que mes livres aient occupé la moitié des dix premières places sur la liste russe des best-sellers.

Il s'agit là seulement d'une impression personnelle, que je ne peux étayer avec aucun exemple concret ni aucune preuve, mais, en considérant la chronologie, je discerne comme une sorte de tendance générale : mes livres ont été lus bien davantage à la suite des changements énormes (ou des métamorphoses) qui ont ébranlé la société de ces pays jusque dans leurs bases. En effet, leur diffusion accélérée a commencé en Russie et en Europe orientale après les gigantesques bouleversements qui ont accompagné l'effondrement du système communiste. La dictature du parti communiste, considérée jusqu'alors comme absolument inébranlable, a sombré de façon inopinée et a été remplacée par une sorte de « chaos inconsistant », mélange d'espoir et d'incertitude. Peut-être que dans ces conditions mes histoires offraient aux hommes de ces pays une sorte de réalité différente, naturelle et nouvelle.

S'est ensuivie la chute spectaculaire du mur de Berlin, et c'est à peu près à l'époque de la réunification de l'Allemagne que mes livres ont commencé à être de plus en plus lus dans ce pays. Bien entendu, ce n'est peut-être qu'une coïncidence. Pourtant, à la réflexion, de grands changements dans la structure d'une société, ou dans ses bases, exercent une forte influence sur la nature de la réalité telle que les hommes la vivent dans leur quotidien, et il est parfaitement logique qu'il y ait alors chez eux une exigence de renouvellement. C'est un phénomène tout à fait normal. La réalité de la société et la réalité des textes s'interpénètrent inévitablement dans l'esprit des hommes (ou dans leur inconscient). Quelle que soit l'époque, quand des événements d'importance se produisent, que la réalité sociale est profondément modifiée, ces transformations exigent d'être « doublées », pour ainsi dire, ou soutenues par la réalité narrative.

Par essence, les histoires existent comme métaphore de la réalité, et les hommes ont toujours besoin de nouvelles histoires, c'est-à-dire d'un nouveau système métaphorique dans lequel ils se sentent comme chez eux, de façon à pouvoir être en phase avec les changements de leur environnement sans finir au tapis. Bien connecter les deux systèmes (le social et le métaphorique), c'est-à-dire jouer avec les interactions entre le monde subjectif et le monde objectif, nous permet d'accepter une réalité incertaine et de conserver la raison. Je serais tenté de penser que mes romans et les histoires qu'ils racontent ont fonctionné à l'échelle mondiale et ont facilité une certaine communication entre les différents systèmes, un peu comme le feraient des engrenages. Bien entendu, je le répète, cette impression est toute personnelle. Mais je ne crois pas être complètement dans l'erreur.

À y réfléchir, il n'est pas impossible que la société japonaise ait pressenti l'arrivée de tous ces glissements de terrain bien plus tôt que les sociétés européenne ou américaine, et qu'elle les ait considérés en un sens comme évidents. Car mes romans ont reçu un accueil positif au Japon – du moins de la part des lecteurs – plus tôt qu'en Occident. Les lecteurs chinois, coréens, taïwanais ont également apprécié mes ouvrages bien avant qu'ils ne soient reconnus aux États-Unis et en Europe.

Ces mutations sociales ont eu très vite une réelle signification pour les habitants des pays d'Asie orientale. Ils les ont appréhendées comme un phénomène lent, presque doux, et, contrairement aux Occidentaux, non comme un événement soudain. Dans les pays asiatiques qui ont connu une croissance économique rapide, ces glissements de terrain sociaux n'ont pas été un choc brutal mais plutôt une situation permanente, pour parler du dernier quart de siècle.

Bien entendu, je sais que ces allégations ne reposent pas sur grand-chose et qu'il faut prendre en considération de multiples autres facteurs. Mais il est tout à fait certain que mes lecteurs occidentaux et asiatiques réagissent très différemment à mes romans. Et cela découle probablement d'une appréhension différente de ces « glissements de terrain » sociaux. En outre, au Japon comme dans les pays d'Asie orientale, le « modernisme » qui devrait précéder le « postmodernisme » n'a vraisemblablement jamais eu d'existence, au sens précis du terme. La séparation entre les mondes subjectif et objectif n'est pas perçue aussi logiquement et clairement que dans les sociétés occidentales. Mais poursuivre sur cette question nous entraînerait trop loin et je préférerais remettre cette réflexion à plus tard.

L'une des raisons essentielles pour lesquelles j'ai pu percer en Occident tient sans doute au fait que j'ai rencontré plusieurs excellents traducteurs. Il y a d'abord eu, vers le milieu des années 1980, un jeune Américain timide, Alfred Birnbaum. Mes écrits lui plaisaient et il m'a demandé si j'accepterais qu'il sélectionne et traduise un certain nombre de mes nouvelles. Je lui ai répondu que j'étais d'accord. Il s'est donc mis au travail, pas mal de temps a passé et, quelques années plus tard, des textes ont paru dans le *New Yorker*. C'est Alfred Birnbaum qui a également traduit pour Kodansha International *La Course au mouton sauvage* et *Danse, danse, danse*. Alfred Birnbaum est un traducteur extrêmement compétent, débordant d'enthousiasme. S'il ne m'avait pas fait la proposition de traduire certains de mes textes en anglais, peut-être n'en aurais-je pas eu le projet à l'époque. Je n'étais pas encore prêt pour ce genre d'ambition.

Plus tard, alors que j'étais professeur invité à l'université de Princeton et que je vivais aux États-Unis, j'ai fait la connaissance de Jay Rubin. Il enseignait alors à l'université de Washington et il est ensuite venu à Harvard. C'est un chercheur remarquable, spécialiste de littérature japonaise. Il avait déjà traduit plusieurs ouvrages de Natsume Sōseki et s'intéressait à mon travail. « J'aimerais bien traduire un de vos textes, m'a-t-il confié, si l'occasion se présente. » « Pourquoi ne choisiriez-vous pas d'abord vous-même quelques nouvelles qui vous plaisent ? » lui ai-je répondu. C'est ce qu'il a fait, et ses traductions étaient excellentes. Le plus intéressant, c'est que ses choix étaient totalement différents de ceux d'Alfred Birnbaum. Assez curieusement, il n'y a jamais eu de conflit entre eux deux. J'ai pleinement compris à cette époque l'intérêt de disposer ainsi de plusieurs traducteurs.

Jay Rubin est un traducteur tout à fait compétent. Il a traduit mon premier long roman, *Chroniques de l'oiseau à ressort*, qui a contribué à consolider ma position aux États-Unis. Alfred Birnbaum a une manière de traduire libre et audacieuse, alors que Jay Rubin se montre solide et fidèle. Ils ont l'un et l'autre leurs particularités ou leurs goûts, mais de toute façon Alfred Birnbaum était alors très occupé par son travail et n'avait pas le temps de se consacrer à un aussi long roman. Aussi rencontrer Jay Rubin a-t-il été pour moi une vraie chance. En effet, un roman avec une structure aussi complexe (en comparaison de mes premiers textes) convenait davantage à un traducteur qui, comme Jay Rubin, a une approche d'emblée très précise et fidèle à l'original. Mais ce que j'aime aussi dans ses traductions, c'est le sens aigu de l'humour qui s'y manifeste. Elles ne sont pas uniquement solides et fidèles.

Il y a eu ensuite Philip Gabriel et Ted Goossen.

Tous deux sont d'excellents traducteurs. Je les connais depuis longtemps. Eux aussi m'avaient parlé de leur désir de traduire un de mes textes. Ils avaient déjà réalisé un essai, ce dont je leur suis très obligé. Grâce aux liens que nous avons noués ensemble, je me suis fait de vrais amis. Comme je traduis moi-même des textes anglais en japonais, je comprends bien les joies et les peines de ce type de travail. Je tâche donc de garder avec eux des relations étroites, et lorsqu'ils ont des questions à me soumettre je leur réponds volontiers. Et j'essaie de contribuer à ce qu'ils travaillent dans de bonnes conditions.

Tous ceux qui ont pratiqué cette activité le savent : traduire est une entreprise exigeante et difficile. Pourtant, elle ne peut être seulement exigeante et difficile. Ce doit être aussi une sorte de « donnant donnant ». Les traducteurs sont les meilleurs partenaires d'un écrivain à l'étranger. Il est essentiel pour lui de trouver le traducteur qui comprendra bien son œuvre, car, même excellent, il risque d'aboutir à un résultat décevant s'il n'a pas de véritable affinité avec le texte ou s'il ne s'accorde pas à ses particularités. Cela n'engendrera que du stress. Si d'emblée un traducteur n'aime pas un texte, le traduire ne sera pour lui qu'un « travail » ennuyeux.

Je voudrais ajouter une autre réflexion, peut-être inutile. Dans de nombreux pays, surtout en Europe et aux États-Unis, l'individu a une importance considérable. Lorsqu'on confie une tâche à quelqu'un, n'importe laquelle, il n'est pas question de se contenter d'un simple : « Je m'en remets à vous pour la suite. » À chaque étape, on doit prendre ses propres responsabilités, décider soi-même. Cela implique d'y passer beaucoup de temps et d'y consacrer beaucoup d'efforts. Une certaine compétence linguistique est également nécessaire. Bien entendu, les agents littéraires s'occupent de l'essentiel mais ils sont eux-mêmes débordés et, pour être franc, ils n'ont pas un souci particulier des auteurs encore inconnus et tout juste prometteurs. Il vous faut, par vous-même, vous charger de vos affaires. Alors que je n'avais qu'une petite popularité au Japon, à l'étranger, au début, j'étais bien sûr un parfait anonyme. À l'exception de quelques personnes du métier et d'une poignée de lecteurs, personne aux États-Unis ne connaissait mon nom ou n'était même capable de le prononcer correctement. On disait toujours *Miourakami*. Mais mon ambition n'en était que plus forte. Et si je me lançais à corps perdu sur ce marché encore fermé, je voulais tout de même voir à quoi j'arriverais en partant de zéro.

Après mon best-seller *La Ballade de l'impossible* (si j'ose parler de moi ainsi), j'aurais pu obtenir sans trop de difficultés des commandes à foison dans un Japon en pleine prospérité. Et gagner beaucoup d'argent. Mais je voulais vérifier, une fois éloigné de cet environnement, combien de temps était nécessaire pour qu'un auteur passe du statut de (presque) anonyme à celui de nouveau venu sur un marché étranger. C'était devenu mon obsession personnelle, mon objectif. Avec le recul, je me dis que c'est sans doute une bonne chose d'avoir été porté par cet objectif. Franchir de nouvelles frontières est un défi, une ambition qui a toujours été d'une grande importance pour les créateurs. Une fois enracinée en un lieu – métaphoriquement parlant –, la fraîcheur de la volonté créatrice décroît et bientôt disparaît. Il est possible que j'aie réussi à avoir la bonne ambition, exactement au bon moment, pour cibler le bon objectif.

Même si par tempérament apparaître en public n'est pas mon fort, à l'étranger j'accorde de temps à autre des interviews, et s'il m'arrive de recevoir un prix je participe à la cérémonie, je prononce un discours. Parfois aussi, je donne une conférence. Ce genre de manifestation ne se produit pas souvent, car même à l'étranger j'ai la réputation d'être un auteur un peu sauvage, mais je fais de mon mieux pour élargir mes limites habituelles et me montrer un peu en public. Je ne suis pas un grand orateur mais je tente d'exprimer mon opinion avec mes propres mots, si possible sans interprète. Au Japon cependant, en dehors de circonstances très particulières, je ne me plie à rien de ce genre. Une attitude qu'on me reproche beaucoup là-bas, où l'on m'accuse de faire « deux poids deux mesures ».

Je ne cherche pas à me justifier mais, si je m'efforce de me montrer en public à l'étranger, c'est parce que j'ai le sentiment que, dans une certaine mesure, c'est une obligation pour l'« écrivain japonais » que je suis. À l'époque où je vivais à l'étranger, les Japonais étaient souvent considérés comme des gens « sans visage », ce qui était fort triste et désagréable. J'ai expérimenté cette situation bien des fois jusqu'au moment où, spontanément, je me suis dit que je devais essayer de changer, ne serait-ce qu'un peu, cette représentation, autant pour les nombreux Japonais habitant à l'étranger que pour moi-même. Je ne suis pas particulièrement patriote (je m'envisage plutôt comme « cosmopolite »), mais en vivant en dehors de mon pays je me ressens forcément (que cela me plaise ou non) comme un « écrivain japonais ». Mon entourage me traite ainsi, et moi aussi je me vois de la sorte. Et insensiblement est née en moi la conscience d'avoir des « compatriotes ». En y réfléchissant, c'est tout de même étrange. Alors que j'avais fui le cadre contraignant de ma terre natale, le Japon, et que je vivais comme un « expatrié », je me voyais obligé de revenir sans cesse aux relations que j'entretenais avec mon pays d'origine.

Afin d'éviter tout malentendu, je précise bien ce qui suit : je ne suis pas revenu à proprement parler sur ma terre de naissance. C'est uniquement vers les « relations » avec mon pays que j'ai opéré un retour. Une chose très différente. On a pu parfois observer que, après un séjour à l'étranger, certains, par un effet indirect, se montraient étrangement patriotes (ou même nationalistes), mais cela n'a jamais été mon cas. Je me suis contenté de réfléchir plus profondément au sens que revêtait pour moi le fait d'être un écrivain japonais et sur le lieu de cette identité.

À présent, mes livres sont traduits dans plus de cinquante langues, et j'en suis très fier. Car cela signifie qu'ils sont appréciés dans toutes sortes de cultures différentes. En tant qu'écrivain, j'en suis heureux, mais je ne prétendrais pas pour autant que tout ce que j'ai fait a été juste et bon. Cela n'a rien à voir. Je me considère encore comme un écrivain en voie de développement, et je crois que l'espace dont je dispose pour poursuivre cette extension est (à peu près) illimité.

Et dites-moi, où pensez-vous que se trouve cet espace ?

En moi-même.

Comme écrivain, je me suis d'abord construit une position au Japon. Puis je suis parti à l'étranger et j'ai élargi mon public. Peut-être dorénavant devrais-je descendre au plus profond de moi-même, en explorateur. Il est fort possible que j'y découvre de nouvelles terres inconnues, sans doute mes dernières frontières. Les franchirai-je avec succès ? Je l'ignore. Mais je le répète : mon objectif est toujours là, je peux l'arborer comme sur un étendard, et ça, c'est merveilleux. Qu'importe mon âge, qu'importe le lieu où je me trouve.

POSTFACE

Je ne sais plus très exactement quand j'ai commencé à écrire ces différents textes. Ce devait être il y a cinq ou six ans. J'ai eu il y a déjà longtemps le souhait de parler de mon identité de romancier, de ce que signifiait cette activité menée depuis tant d'années. Lorsque j'avais du temps entre mes autres travaux, j'ai commencé à en coucher par écrit certaines parties, petit à petit. Dès le début, l'entreprise a été spontanée et personnelle. Rien à voir avec une commande.

Les premiers chapitres, je les ai écrits dans un style ordinaire – un peu comme cette postface –, mais, en les relisant, j'ai trouvé qu'ils avaient quelque chose de dur, de rocailleux. J'ai donc décidé de faire comme si je m'adressais à un public. Je leur ai donné une forme relativement fluide et directe (un style parlé), et l'ensemble est devenu une sorte de matériau de base pour une conférence. J'ai imaginé que je parlais sur un ton plutôt familier, devant trente à quarante personnes, dans une petite salle. Sauf que cette conférence n'a jamais eu lieu.

Pour quelles raisons ?

Tout d'abord parce que j'aurais été assez gêné de parler de moi avec de grandes envolées, que ce soit à titre personnel ou en tant qu'écrivain. Ensuite, parce que je n'aime pas, mais vraiment pas du tout, donner des explications sur mes romans. Quand j'évoque mon travail, j'ai toujours tendance soit à m'excuser, soit à me vanter, soit encore à me justifier. Ce n'est pas intentionnel, mais la plupart du temps c'est ainsi.

Peut-être, un jour, aurai-je une occasion d'en parler devant un public, mais pour le moment c'est sans doute encore trop tôt. On verra quand je serai plus vieux. Et j'ai enfermé ces écrits dans un tiroir. De temps en temps, je les ai ressortis, j'y ai fait quelques petites retouches. Mon environnement – personnel et social – changeait peu à peu, et par là même mes pensées et mes sentiments aussi. En ce sens, le manuscrit du début et celui d'aujourd'hui sont sûrement différents par leur atmosphère et leur ton. Pourtant, sur le fond, mon attitude et mes opinions n'ont pas varié.

En y repensant, j'ai l'impression de toujours répéter les mêmes choses depuis mes débuts d'écrivain. Quand je lis certaines de mes déclarations datant d'il y a plus de trente ans, je me surprends moi-même et je songe : « C'est exactement ce que je dirais aujourd'hui ! » C'est pourquoi ce recueil, qu'il soit « parlé » ou « écrit », comporte un certain nombre de répétitions, malgré les modifications formelles que j'y ai apportées.

Certains de mes lecteurs auront donc une impression de familiarité et de déjà-vu. Je leur demande de me pardonner. Car si je publie à présent ces textes sous cette forme, c'est aussi parce que je désire rassembler en un seul ouvrage différents articles déjà publiés. J'espère que cette compilation permettra d'exposer ce que signifie pour moi le fait d'écrire un roman.

La première partie de cet ouvrage a été publiée sous forme de chroniques dans le magazine *Monkey Business*. Il se trouve que Motoyuki Shibata, le directeur de cette revue spécialisée en littérature japonaise contemporaine, m'a demandé si j'avais un texte à lui confier. Je lui ai proposé une nouvelle (que je venais précisément de terminer). Puis je me suis souvenu de ces textes qui dormaient dans mes tiroirs. Aimerait-il les publier ? Sa réponse a été positive.

Et c'est ainsi que sont parus les six premiers chapitres de cet ouvrage, dans six numéros de *Monkey Business*. Comme ils étaient en attente d'être publiés, j'ai été heureux de terminer ce travail. Les cinq autres chapitres sont inédits.

Ces essais rassemblés ici sont de nature autobiographique ; je ne l'avais pas consciemment planifié. Je voulais seulement décrire, de la façon la plus concrète, la plus pratique, quel chemin j'avais emprunté comme romancier et ce que j'en avais pensé. Mais, bien entendu, quelqu'un qui écrit depuis longtemps, autrement dit qui, à travers ses romans, ne cesse de manifester une expression de soi-même, ne peut manquer de parler de sa propre personne en entreprenant d'exposer ses conceptions sur l'écriture.

Je ne sais pas si ces essais pourront aider et guider ceux qui se destinent à devenir écrivains. Ma façon de penser m'est tellement personnelle qu'il m'est difficile de juger si ma manière d'écrire, ma manière de vivre peuvent vraiment être adaptées à tout un chacun ou si elles peuvent avoir un caractère général. J'ai peu d'amis écrivains, je manque donc d'éléments de comparaison. Même si je ne peux écrire autrement qu'à ma manière, je ne prétends en rien que ce serait la seule juste. S'il y a dans ma méthode matière à généralisation, certains points sont sans doute impossibles à généraliser. Cela va de soi, cent écrivains écriront cent romans différents. Et chacun jugera de ce qui lui convient le mieux.

Il y a cependant quelque chose que j'aimerais vous faire comprendre : je suis « un homme tout à fait ordinaire ». Il est certain que je suis gratifié d'un certain talent pour écrire (sinon, je n'aurais pas pu continuer à écrire des romans si longtemps). Mais, par ailleurs, je suis et je reste un homme normal. Je passe inaperçu quand je marche dans la rue et, au restaurant, on ne me donne jamais la meilleure table. Si je n'avais pas écrit de romans, personne n'aurait fait attention à moi. J'aurais mené une existence absolument ordinaire. D'ailleurs, moi-même, dans ma vie quotidienne, je n'ai pas vraiment conscience d'être un écrivain.

Mais il m'est advenu, par hasard, de pouvoir écrire des romans et, grâce à la chance, et aussi à mon tempérament obstiné (voire entêté), j'ai réussi à exercer depuis plus de trente-cinq ans cette activité de romancier professionnel. Une réalité qui aujourd'hui encore m'étonne. Me stupéfie vraiment. Ce dont je voulais parler dans ce livre, au fond, c'est de cet étonnement, de mon désir intense (ou devrais-je dire « volonté ») de le préserver aussi pur que possible. Peut-être ces trente-cinq années de ma vie ont-elles été, en fin de compte, une tentative passionnée de prolonger cet étonnement.

Pour finir, je voudrais redire encore une fois combien les tâches purement intellectuelles ne sont pas mon fort. Je ne suis pas vraiment porté sur la logique ou les réflexions abstraites. C'est en écrivant que j'ordonne mes pensées. En mettant mes mains en mouvement, en rédigeant des phrases, puis en les relisant, encore et encore, en les retravaillant méticuleusement, je parviens enfin à saisir des choses dans ma tête, à les classer correctement. Ces années passées à rédiger les essais qui composent cet ouvrage m'ont permis, je crois, de prendre un peu de distance et de recul face à moi-même en tant que romancier, ou face à mon statut de romancier.

Je ne sais pas dans quelle mesure ces textes assez arbitraires, en tout cas très personnels, sans doute davantage processus individuel de pensée que message, pourront aider les lecteurs. S'ils y contribuent, ne serait-ce qu'un peu, j'en serai très heureux.

Haruki Murakami
Juin 2015

TABLE DES MATIÈRES

10/18 – 92 avenue de France, 75013 PARIS

Imprimé en France par CPI

N° d'impression : 2064600
X07650/03